林

史林子 著

W O O D S
G R O W U P

林子大了

湖南人民出版社

浦睿文化　出品

旅行

就是到达自己的方式

感激

不知道谁做出的这个安排

让我穿越茫茫群山和大地

让我见识万里冰川和雪峰

享受另一半球的阳光和海滩

长久仰望沙漠里的烁烁繁星

……

如果我不曾出发，我就不会知道

世界原来是这样

在每一次的出发和到达中

我已经悄然改变

所有的旅行

其实都通向一个隐藏的目的地，那就是

自己

荐 语

recommended

有趣了，也就幸福了

大冰

多年前，我答应过一个主持人同行小姑娘——等她将来出书了，帮她写荐语。

颇认可她当时对我说过的话："我的职业虽与旅行相关，但却不是所谓的旅者，也不是所谓的行者，不过是一个普通女孩恰巧幸运地看了会儿自己世界以外的世界。"

如此甚好，我很欣赏她的心态，若干年后顾首瞧瞧，她并未在一帆风顺时装成修行人，也不曾在遇到挫折时变回普通人，只是笑而不语地走着看着，自自然然的。

在纷繁复杂的媒体圈里踱步，她一直让自己的心识恒定在一个普通女孩的位置，轻轻松松、清清淡淡，如风抚林，如月照江。该爱就爱，该生就生，该柴米油盐就柴米油盐……某种意义上讲，她的状态是罕见的。

忙碌的人忙于任何事情，除了生活。

当有些人忙于表达、展示、引领、评判时，另外一些人正在把普普通通的生活变成故事。乃至于在故事中栽种自我。乃至于保护好真正的自我。乃至于收割到自得其乐的平淡而有趣的生活。

平淡和平庸是两码事。

众人是不关心自己的，他们只关心自己熟悉的事物，然后把平庸当作平淡是真，像个套子一样套住自己无趣的半生。想说，也许无趣的不是这个世界，而是你还没有学会在无趣的世界里找到有趣的活法。有趣了，也就幸福了。

关于那些有趣的活法儿，看完林子的书后，或许你会品味出不一样的滋味。

这本书写了一个幸运而普通的女孩儿细小而又自得其乐的生活。

她不曾唆使你去颠覆什么，不会刻意地灌输你什么，只是和你聊聊天，聊聊人生之旅的细节，聊聊昨天和今天，聊聊恬静而美好的东西，以及关于生活的视角和回味……聊着聊着，一切普通而平凡的日子，或许都会变得有趣起来了。

有趣的人有福了。

我们的人生轨迹，无外乎螺旋状抛物线式的矢量前行。总有人热衷教我们如何积极而正确地去经营这条抛物线，可这世界哪来那么多标准答案？那些约定俗成的正确路线、那些热血而亢奋的正确答案，一定就适用于你吗？

去他喵的答案吧。

寻找就没有答案。

真正的答案皆是自度，是自修自证的。

不必把林子示现的这条抛物线理解为旅行文学，她写的不是旅行，是她自己的生活。我始终认为在某个层面上而言，个体人性的丰满和完善，即为成长。这一点，我在林子的字里行间读到了。

话说，林子大了什么鸟都有。

百灵和鹦鹉听多了，也听听小家雀吧。

听听她在迁徙途中、筑巢间隙随口哼唱的几首歌。

请找个最自在的姿势去读吧。

比如歪着、趴着、斜躺着。

自　序
PREFACE

林　子　大　了

两年前就在筹划出这本书，从序言到正文都已经定稿了。2015 年，怀上了小鲸鱼，先生就劝我心要静下来，活得出世一点，专心安胎，我就想等生完小鲸鱼再说吧。所以生完小鲸鱼，我第一时间就想终于可以忙出书的事情了，正打算捡起来弄弄，没想到 2016 年又怀上了二胎，先生还是那句“安心养胎吧”，我又将出书这件事暂时搁置。这几年也苦了出版方，一直跟随我生孩子的步伐，从未催促过。现在小罗汉四个月了，与编辑们终于碰上面，编辑们纷纷询问的第一句话是：“还生吗？”我也犹犹豫豫，跟他们说：“要是中途我又没音讯了，你们也就别催我了。”

其实身边朋友都很惊讶我这两年居然可以从一个走在路上的旅行者变成一个两个孩子的妈妈，对于他们来说，我简直就是生娃界的黑马，一个野孩子怎么能说收心就收心？更多的疑问是，有了孩子还能旅行吗？于我而言，其实旅行这几年，真正收获的便是一颗随时可以修行的心。生孩子本身对我来说就是一场妙不可言的旅行，与小鲸鱼、小罗汉在一起的日子，每天都让我认识着新的世界。

比起以前出书的初衷，现在更让我有动力写作的是：我很想让小鲸鱼和小罗汉在可以识字的时候能拿着妈妈的旅行书，读着妈妈去过的地方、见过的人、经历的故事，希望他们内心那颗看世界的心，在很小的时候就埋下种子。孩子是我们生命的延续，我更希望他们是我们生活精彩程度的延续。在还能抓住青春尾巴的时候，让我来说说我青春里的那些故事吧。

2009 年我大学毕业，对未来一片茫然。我不知道从播音系毕业，不做主播还能做什么。

一天下午，听说旅游卫视来招人。大大的阶梯教室坐满了人。对方寥寥几句介绍后，就开始按照他的方式过筛。当时那个场景很像多年后我在斯里兰卡一个海鲜市场凌晨早市看到的海鲜拍卖，上面的人慷慨陈词，下面的人跃跃欲试。“喜欢逛街的请举手”“去过夜店的请举手”“爱旅行的请举手”“喝过酒的请举手”，在一次次的举手后，面试就这么结束了，我是少数举手到最后的人。我就这样来到了旅游卫视。

我主持的第一个节目是个综艺节目，我的搭档是何炅。我马上给我妈打电话，激动得声音都颤抖了，我是说她，闺女都和主持界一哥同台了，能不颤抖么？

那个节目我只主持了一期，就被调去一个旅游节目做外景主持了。得知这个消息的那晚，我哭湿了枕头、沙发和闺密的后背。

这个节目就是《世界游》，我擦干眼泪的第二天，就被派去了埃及。从来没有走出过国门的我，那一次差点儿死在烈日下的甘蔗地里。

于是，从2010年到现在，我一直奔波在路上。我像个上满了弦的发条熊，一路敲着心爱的小鼓，头也不回地走在路上，冲出亚洲走向世界几乎到了南极。我的人生，从此变得再也不同。

5年里我已经走过30多个国家，行程近50万公里，绕地球也有10多圈了。5年，是个不短也不长的时间，5年前邻居家刚会说话的小孩如今已经上小学了，5年，有些人还和5年前一样。

我常常回想起自己5年前的样子，回想起那个天真的痛哭流涕的晚上。我唯有感激不知道谁做出的这个安排，让我能在世界的各个角落，不断地留下我的足迹，让我穿越茫茫群山和大地，让我见识万里冰川和雪峰，享受另一半球的阳光和海滩，长久仰望沙漠里的烁烁繁星。如果我不曾出发，我就不会知道，世界原来是这样。

看到的越多，就越发现没看到的更多，这个世界，居然这么大。

在每一次的出发和到达中，我已经悄然改变。

所有的旅行，其实都通向一个隐藏的目的地，那就是自己。旅行，是到达自己的一种方式，在旅行中，我一天天长大，在每个陌生地方的清晨醒来，我都有从未有过的幸福感。我的工作，成了生活中我最爱的一部分。

在旅行中，我认识了各种各样的人，他们有的开心，有的不快，有的有趣，有的无聊，但是在每个人的背后都拖着一个长长的影子，关于他们生活的影子。不管哪一种人生，都是值得尝试的，在他们的影子里我看到了生活的各种可能。我知道，这个世界存在着各种可能性，我想探索更多的可能。

如果旅行是一种病，我希望它是传染病。

可能你已经看了很多关于旅行的书，但还是没有出发。我只希望我的文字能给你出发的理由和勇气。

这个世界啊，林子大了。

序　言
PREFACE

太阳照在茫茫大海上

喻恩泰

一

这世上无一处不是大海，无一人不在流浪，无论何时何地，我们都漂泊在茫茫的大海上。

我的太太史林子女士要出书了，稿件早已完成，但书的名字却想了很久。

林子是个旅行家，小小年纪，就去过几十个国家。因为丰富的旅行自然产生了某种魅力，见她第一眼，觉得有她出现的地方会自带光芒。如今，她已经是两个孩子的妈妈了，在她身边我还是会习惯性地低血糖，出现类似的眩晕感。和我几年前最初见到的她相比，林子在气质和外型上都改变了不少。我常常会想，是旅行让她成长更多，还是当妈妈让她成熟更快?

话说她第一次出国，是去埃及。这个乐观的女孩儿初闯江湖，发现世界原来不那么太平。在经历了人性的凶险之后，她接到妈妈的电话，一直想保持镇定，嘴里报着平安却还是忍不住哭了出来。家人感觉异常，问:“林子，怎么了? ”她电话里哽咽着说:“我长大了。”

她苦苦想着这本书的名字，嘴里念叨着几个选项，大约有“什么什么从全世界路过”“什么和全世界恋爱”……我都不以为然，忍不住建议书名就叫——林子大了。她说听着怎么那么顺口，忍不住想往下接话。

《林子大了》，顾名思义，因为旅行，她成长了。

还有，也可以这么理解：因为旅行，她发现这个世界比想象中还丰富和深刻。

这年头出版一本纸质书不算太环保，如果吸引到的读者不多，只会可惜了那些无辜的植物，出书一定要有必然的理由。这一次，林子把她的成长记录了下来，她的理由或许在于：每个人的生活都是独一无二的，虽然我们无法让他人重新经历自己所经历过的一切，但可以有那么一本书，让人们花一个下午来阅读，看看还有哪些记忆在作者的脑海里挥之不去、想与人倾诉。

什么经历会进入我们的记忆，将来有机会能被再次想起?这是我在旅途中，一直好奇的问题。于是在拿起这本书时，我想看看林子把什么记在书里，也想了解她用什么方式说给人听。

林子的工作就是旅行，她曾经和陌生的朋友一起出行，陪伴面临病痛和忧郁的伙伴，试图用旅行来努力治愈伤痛。

她也曾经在国外经历各种自然灾难，大厦将倾前想到自己还是单身，不禁怆然。

对于史林子而言，旅行是一场修炼，旅行也是从不停息的成长。我羡慕她去过那么多地方，古话说，行万里路，读万卷书。我想，她应该把行万里路的故事至少汇编成一本书，把她感受到的能量和我们分享，告诉我们她眼里的世界有多奇妙。

以我个人的体会，但凡美好的事物，必然拥有足够让人铭记的品质。一段旅程，最终留在纸上也好，记忆里也罢，或是将来和人谈起，都是因为当时某些动人的细节发生了作用。而如果某些经历被自动删除或消逝，是因为那些内容没能唤起你体内真正的生命力。万事万物皆有联系，对记忆的选择因人而异，我们不断在路上，不断删减和保留，如果我们仔细看待自己过去的每一次旅行，会发现那些独特的体会是开放的，它们在我们的记忆里不时更新，常葆生命力。正因为如此，我不仅喜欢自己去旅行，也喜欢去了解别人保留下来的那些独特记忆，喜欢去看他人精心记录下来的各段旅程。因为，作者们最终选择的版本将代表他们的性格和品质，也是他们真正的成长历程，这就是我向您推荐《林子大了》

这本书的真正原因。

同时，我也在想，会不会有读者因为看了这本书也愿意摆脱纷扰的尘世纠缠，也去爱上旅行，从中完备个人的生命素材，塑造一个更为丰富的成长故事，去亲近这个并不完美，却无比美妙的世界?

二

写完这本书之后，林子似乎归隐了几年，很多观众许久没有见到她，以为她不再旅行了，其实暂时淡出的原因是她成家了，有了两个孩子。我反倒觉得这又是另一段不一样的旅行，我把此间的前因后果挑选出一些片段来聊给你听，说一些我和林子这几年的故事，放在这本书的序言里。

我平日最爱晒太阳，四处旅行时会比较哪里的太阳伤人，哪里的太阳温柔。前提是不涂抹防晒霜，用自己的身体去试。

晒久了太阳，我的身体皮肤的确会发生一些变化。从某一年开始，意外发现，经过暴晒，我的臂肘弯处会出现一块地图胎记，但不持续，像流星一般，隔段时间会自动消失。

和林子偶遇那天，我们出来喝咖啡。之前在一起工作过几回，这次却是久别重逢，也是我们第一次在生活中单独碰面。她带我来到一个被老百姓称呼为“中央公园”的地方，这时节姹紫嫣红，春花四处盛放。我不禁诧异：我常在这一带住，怎么从未留意有这么一处静谧的角落？它在北京市中心，又如此不似北京。到底是旅行家，跟着她走到哪儿都像出了国。

午后阳光里一落座，小姑娘没叫咖啡，随手就点上了一瓶店酒，是冰镇干白。平日我就喜欢在太阳下喝葡萄酒，体会海明威形容的那种把阳光盛在玻璃瓶里的感觉，我心里暗喜，觉得这个女孩和我很投缘。我更坦然了，于是很真诚地和她有一说一，如对知己。

良辰美景，绝不装逼，随缘即是惊喜。

阳光下隐约见她左臂弯处有一块胎记，和我手臂上出现过的那块大小、颜色、形状、位置如出一辙。我很意外，让她拿近些仔细观摩，然后认真地和她说，这个我也有，就在同一个位置。她说快把我的给她看看，我羞涩地说，现在暂时没有，要暴晒十几天以上，而且要不涂防晒霜。

后来很快我们恋爱了，结婚时，去马尔代夫度的蜜月。那些天，天天在海边溜达，而且不涂防晒霜。于是有了那一刻，我的“流星胎记”终于又飞回来了，显现在同一个位置，同样大小，同样的颜色，我赶忙把林子叫来，让她看。没想到她被吓到了，我说：“不是老早告诉过你的吗？”她说，咖啡馆第一次见面那天她就没信，心里还说，老男人编这么离谱的一个故事，真会泡妞……我们两个把手臂举起来对照比较，怎么看都觉得那分明是两张地图，让我们不禁想象它们同属于漂泊在大海上的某处群岛，就这么偶然地把我们联系在一起。

多年前我梦见和父亲一起在庐山脚下院子里种地，突然地动山摇，远远望见庐山上绿树葱茏处有一道特别的光亮，整座庐山那一刻有些异常，变得柔软。原来那座山是一条鲸鱼，山脉晃动，是她在轻轻挪动身躯，而那处亮光是鲸鱼睁开了她的眼睛——后来这出意象偶尔我会用在诗歌里。怀上第一个宝宝之后，林子爱做关于海洋的梦，梦里各类海洋动物扎堆成群，游来游去，最典型的一次是梦见和我在大海上的一艘小船里，孤苦伶仃地漂泊着，突然海面晃动，身旁跃起一个庞然大物，一条巨型鲸鱼飞向空中，我们被笼罩在巨大的身影之下，不知所措。在大鲸鱼重新落水返海之前，她“咿呀”一声，竟然在空中朝我们做了一个调皮的鬼脸，然后带着儿童般的微笑重返大海，巨大的身体撞击海面，天翻地覆，溅了我们一身水。于是在女儿出生后，给她取了个小名：小鲸鱼。

小鲸鱼生在海边，出生后第一个星期，黄疸有加重的趋势，为了防止黄疸指数超标，医院提供了人工紫外线照射器。照射板被绑在小家伙身上，散发出的蓝光将她包围，小家伙咿呀乱动，很是不方便。了解了紫外线治黄疸的原理，我想起干脆让她直接晒太阳，而且不涂防晒霜。于是，我们每天定时将小鲸鱼放在晴空之下，同时，我们给小鲸鱼取了个正式的名字：海晴。远眺温柔的海面如此风平浪静，我和林子守在宝宝身旁，念叨着我们做过的那些关于海洋的梦，期待是否会因为暴晒，出现了天生属于小鲸鱼自己的密码。我们不时在她的身上寻觅，好奇会不会也飞来一块流星般的胎记，显示出海上的另一处岛屿。那一个月子时光静好，短暂的休憩足可抵十年尘梦。

我们一直遵循热爱海洋的原则，小鲸鱼几个月大就带她周游世界，四处漂泊，全家经常在海上生活。

那次，小鲸鱼不到6个月，我们带上老人们，全家去了斐济。刚刚抵达海边的第二天，几十年一遇的飓风登陆了，这次自然灾害导致全国停电7天，大风把很多房子刮跑，死亡了几十个老百姓。说一下那天我们家的经历。接到了飓风预警，机场已经关闭，我们无路可退，当地的工人们帮助我们加固在海边的住所，大大的落地窗外原本就铺好了水泥台，将木头支架插在水泥基座的插销上，由此布置了木板，遮在落地玻璃窗外，缓解大风对门窗的冲击。结果是，白天天色就变了，下午乌云压境，狂风暴雨中，飓风如期而至，很快我们看见阳台上的电风扇钢页直接被卷到天上去。入夜后飓风中心经过，防护木板弱不禁风，连同水泥台一起被刮走。只剩下一道玻璃门，横亘在我们一家老小和大自然之间，守住最后一道防线，丈量着生和死的距离。原本笔直坚硬的钢化玻璃，在最危急的时刻，慢慢向屋里缩成凹镜形状，透过它窗外的世界似乎也在变形。可以预想，只要门窗破损，整个房屋都会被摧枯拉朽，如同那几个电风扇，瞬间被送上天去。老人们惶恐不安，纷纷叹息时运不济，说这次选错了地方，只有小鲸鱼在我怀里好奇地打量着窗外这个不一样的世界，风声、雨声、浪涛声组合成了交响乐，小家伙静静聆听。那一刻不似大人们在保护婴儿，倒像是小家伙在给我们打气，再大的风浪终会过去。生死如幻，屋外的鸟儿们无依无靠却依然要度过属于它们自己的苦难，而我们，至少还有一层厚厚的玻璃。

我们活了下来，房子还在，飓风过去，落地玻璃恢复了笔直的形状。第二天出门看到院里的橙子树被连根拔起，一地的果实，家里人捡起橙子拿来切片泡茶，顺便压压惊。我们发现有椰子树上的鸟巢散落在草地上，小鸟不见了，大鸟在旁边轻轻啼叫。

而我们家真的很幸运，小鲸鱼依然安全地和大人们在一起，飓风之后，她更加活泼了，不但如此，林子发现，我们又有了第二个宝宝。得知这个消息时，我们全家还没有离开斐济，就待在经历飓风的那扇玻璃窗旁。

老二还是出生在海边。弟弟生下来时睁着眼，长发飘飘，这些都和姐姐当时一样，但又有他自己另一个特点。从来到人间第一瞬起，弟弟趴在我肩上便自己扬起了头，这在初生婴儿里是很罕见的，我戏称这叫“誓不低头”。直到现在，他也一直爱昂着头，脖颈很硬气，大有要去降龙伏虎的架势。平时伸手伸脚，泰然自若，像个武士，又如将军，我记得每次去庐山东林寺都会去看看那个从唐朝保存至今的罗汉石像，现在想起，宝宝和他极其神似，就是一个“小罗汉”。而在老二出生前几个月，爷爷曾经托梦给林子，说接下来我们会生一个“罗汉”。当时不得其解，现在看着宝宝在一旁扬着脖子摩拳擦掌，不禁感慨，爷爷真有预见性，所梦不虚。于是，我们给弟弟取的乳名就叫：小罗汉。

还有题外话，越琢磨越有意思。在我的家乡南昌，“罗汉”一词有它特殊的含义，老话说“打罗”，意思是漂泊，南昌地方话里“罗汉”形容的是生命力剽悍、一直在流浪的人。也对，无论何人，来到人间便注定是一场漂泊，“罗汉”一词和我们家常年的旅行状态极为吻合。

弟弟的黄疸指数一直正常，但在月子期我们还是依照传统，不时地把他放在蓝天白云下，在海边晒着太阳。这一次多了个姐姐陪着他，都没有涂防晒霜，我们继续等待密码地图的出现，希冀可以暗示我们下一个令人期待的目的地，等着我们去拜访。

远处大海依然风平浪静，我常常感慨正是因为有了孩子，我们才得以在漂泊且匆匆的人生里，获得如此美好的片刻悠闲。想开了，人生漫漫，不过是一直漂游在海上，晒着太阳。我们给小罗汉取了一个正式的名字：海熙。

以上就是林子这几年的经历，她没有放弃旅行，只是因为恋爱、结婚、生宝宝，而去晒了一小会儿属于她自己的太阳。

我想说，是旅行，使我们更加坚定地面向前方，帮助我们走到更远。在哲学的层面上，旅行亦有它独特的价值和能量。比如，我们往往会担心，未来会更好吗？而旅行，一直在解答这一类问题。那些美好的旅程会让人们更加相信未来，不会因为短暂的失落而忧愁，甚至在逆境羁旅中我们亦能发现独特的美，哪怕暴雨雷电、流离失所也有可能带来无比浪漫和充实的体会。这和人生境遇是一样的，只有乐观的人才能踏上更远的土地。

这世上无一处不是大海，无一人不在流浪，无论何时何地，我们都漂泊在茫茫的大海上。幸运不过是太阳得以照见这片海，给我们一点属于自己的光亮。

希望您手里这本《林子大了》，能够展现出林子眼里看到的这个世界特殊的光芒。

目录

CONTENTS

那些好玩之经历，成为回味无尽的记忆珍藏。

1 最棒的旅程就是好玩

2 人生的多种可能性

未 知 的 惊 喜 与 不 确 定 的 危 险， 总 在 路 上， 等 着 你。

3 那些疯狂的事

惊鸿一瞥、生死一瞬……无常人生的浓缩与放大。

4 把自己交给世界与未知相遇

探索世界的尽头，有生之年，永无止歇。

跋

THE BEST JOURNEY
MUST BE FUN

1

LINZI
DALE

最棒的旅程
就是好玩

只要是好玩的旅程，再远，再累，再贵，再千辛万苦，也都是值得的。不用非得登上中世纪的古堡，也不用亲眼目睹令人叹为观止的自然景观，只要畅快淋漓地玩了一趟，身心愉悦，就是最棒的旅程。

Casino
Restaurant
Coca-Cola

临时公主日记

意大利 | 威尼斯

人生，就是那么奇妙，不要小觑自己任何一个小小的梦想。

我是一个很普通的女孩，过着普普通通的日子，18岁之前我没有踏出过国门，似乎永远在一条熟悉的街道里来来回回，我家的窗子直接对着一座山，夜晚时，对面一片漆黑，唯有月光可以照亮希望。偶尔我跟月亮许愿说，我有些小小的梦想，比如让我这个山里的女孩走出去吧，走得越远越好（后来我做的节目名字居然叫“有多远走多远”），再比如，我许愿说想变成公主……多年后的某一天，它就静悄悄地实现了。

2012年的冬天，威尼斯阴雨连绵，水位上涨，危机感营造得可谓买一送一了，不过当地的各家商铺习以为常了，随便做了些防淹的准备，圣马可大教堂前也摆上了一排排的一米高的桌子，等大水涌上来的时候，这些桌子就是临时的道路，大家可以踩着桌子走过去。我对恶劣天气独有偏爱，倒有点儿期盼雨越下越大，淹上来看看。毕竟长这么大还没踩着桌子回过家。

那年去威尼斯是受邀去采访威尼斯当地的名门望族图恩（THUN）家族，这图恩家族是名符其实的“威尼斯商人”，THUN 品牌创始人 Lene Thun 多年前以自己 3 岁的儿子 Peter 熟睡中微笑的表情为灵感，做出了第一只微笑的陶瓷天使，小天使嘟着嘴，半睡半笑的样子还真可爱呢，这也是 THUN 品牌 60 年来最经典的产品，全欧洲人民都熟悉这个嘟嘟嘴的小天使。THUN 家族还资助了威尼斯圣马可大教堂的重建工作，备受威尼斯市民的尊敬。

那天下午工作结束后，踩着石头路上的积水一路回到酒店，酒店的床头放着一张镶着金边的请柬。上面写着：“从东方来的女孩，希望你穿上你的水晶鞋，带上你的面具，为你的威尼斯夜晚翩翩起舞。诚邀你参加今晚 9 点的图恩家族私人舞会——图恩先生。”这从天而降的梦幻般地邀请啊！读读那些字：舞会，水晶鞋。这无疑在对我招手说：“你好，灰姑娘。”

我在沙发上呆坐了好几分钟，搜罗脑海中关于威尼斯、关于中世纪、关于假面舞会以及各种王子的记忆碎片，结果最多出现的是童话故事《灰姑娘》的画面……好吧，感觉自己的想象力很有限。再回过神来的第一反应是看表，看看几点了，会不会错过舞会开场。我立刻拉开窗帘看外面的天色，期待着一轮明月挂在天空，为我照亮晚礼裙边的闪闪银片。可是，外面依然淅淅沥沥地下着小雨。

拉开威尼斯酒店窗帘的瞬间，我像全身触电，脑海中闪现着陪我度过十几年的那个窗台，那个面对一座山的窗台，那个我经常爬坐在上面的窗台，那个偷听我跟月亮许愿的窗台，那个可以看到远处老井的窗台。很难想象，多年后站在这扇窗前，一打开便是威尼斯的河道和悠哉的贡多拉。就像一个魔法世界一样，要是当时的我知道未来的某一天是这样的，她一定觉得她说愿望的时候就有仙子听到了。

为了迎接有可能是我人生中最隆重的一次舞会，我像个换衣服机器人一样把带来的所有衣服都试了一个遍，最后选中了那件白色晚礼裙。白色，对，就是纯洁的白色，最配公主的白色，连公主都配，那临时公主也不在话下。我甚至还盘起了头发，对我来说真是个高难度的发型，还好我是临时公主不是真的公主，不需要仆人，花十来分钟自己就搞定了发型。最后，我从皮箱里，捧出了工作以后攒钱自己为自己买的第一双 Christian Louboutin 红底高跟鞋。20 刚出头的女孩啊，单纯地觉得买一双心仪的红底高跟鞋就像能买到变公主的魔法一样。那个时候，红底高跟鞋只有在很重要的场合才穿，平日里可舍不得穿，生怕把它弄脏了。

现在我的鞋柜里虽然躺着几十双漂亮的高跟鞋，但是我已经不像以前那样爱惜了，觉得高兴便穿，随意得很，少了一份郑重。现在回想起捧着高跟鞋参加舞会的样子，觉得可爱得很。

威尼斯是一个有几十座桥的小城，而且全城都是石子路，穿着一双高跟鞋在石子路上走，平均 10 米就得崴一次脚。穿着晚礼服总不能显得太狼狈，我只能装作什么也没发生，撩一撩裙角，不带走一片云彩。这一路反复考验着我的演技。当个公主的难度系数是 8.0。

还没走进酒店大门，就已经听到了觥筹交错间的欢声笑语，还有音乐声，这音乐声缓缓清晰，我提着裙子站到了大门边。我站在角落里，露出一个小脸偷看正在舞会里的人，那些露着香肩的拥有黄金比例身材的美女们，虽然戴着面具却更多了一份神秘。面具下的她们都下意识的望向一个方向，顺着那个方向看去，站着一个身穿黑色燕尾服的男人，他中长的卷发下戴着一个金色猫的面具，虽然看不到脸，却不知为什么就能感觉他一定长得干净和好看。

我是这里唯一的中国人，而且，我惊喜地发现，这样一个来自中国的姑娘竟然没有被淹没在金发碧眼凹凸有致的长发美女之间，突然，远处舞台上传来一句意大利语，然后来宾们不可思议地为我让开了一条小路，示意让我往前走。

我如同童话里走入仙境的的初级小仙女，看着这五光十色的地方，侍者及时递上了金色的香槟。这香槟就是及时雨，我迫不及待喝了一大口，险些撞到悬挂的微笑天使。

60多岁的男主人开始致欢迎辞，我又喝了一大口香槟，听到旁边的女孩说“彼特”，惊得我差点被呛住。我抬头看了看刚才差点给我撞到的嘟嘟嘴的微笑天使，又看了看彼特，原来，这嘟嘟嘴的小王子已经60多岁了！

音乐响起，舞会正式开始了。在面具里，我感觉很舒服，因为不论你害羞还是尴尬，开心还是难过，这个面具会为你遮住一切。怪不得他们那么喜欢面具，原来它有这么奇怪的治愈能力，能让你放松又让人猜不透。

那个戴着金色猫面具的男人走了过来，我正在琢磨意大利男人穿西装怎么这么好看时，他来到我面前，用英文请求和我跳舞。可我一个下雨都踩水坑儿的姑娘，我哪儿会跳舞啊，我只能说抱歉我真的不会跳舞，但是意大利人可不是那么轻易就接受拒绝的，他们自有一套又浪漫又有效的办法。猫先生说："那有什么关系，如果你踩到我，我不让你赔我的鞋还不成？"

于是，他牵着我，和着音乐，慢慢地移到了舞池中间。他的头发卷卷的，随着身体的摆动，发间飘散出淡淡的香味，他的手指修长冰冷，温柔地托着我冒着汗的手心。总不能一直沉默不语，于是从我嘴里随机冒出来一句我自己都没想到的话："你用的这是什么 shampoo 啊？"他忍不住大笑，这一笑让我彻底放松了，他也不再是高高在上的陌生的贵族，就好像身边一个已经有了点默契的朋友。

一曲终了，两个意大利女孩马上过来和他寒暄，我被挤到了一旁。在他被"绑架"前，他朝我说："等我可以吗？"我轻轻地点了点头。看着他绅士地托着一个又一个女孩跳了一曲又一曲，远处的我，只能喝了一杯又一杯……

一个女孩走过来问我，你知道刚刚和你跳舞的是谁吗？我摇头，她说那是图恩的二公子，是威尼斯所有女人的梦中情人。

回头看去，他已经被围在了人群之中。我猜想那句"等我"可能只是客气罢了。

那场舞会我再也没有遇到他，就这样彼此被淹没在华丽的面具下。公主梦已经散场，而我，也该回去了。

深夜，威尼斯继续下起了雨，怕高跟鞋被淋湿，我脱了鞋光脚走在路上。广场上走过三三两两的年轻人，拿着啤酒，有说有笑，好像刚刚结束一场派对。桥边倚靠着贡多拉，它们好像睡着了。

我加快了脚步，干脆小跑起来，我只想赶快回去，换上舒服的 T 恤，变回我自己。临时公主下班了。

若干年后，我遇见了我的先生，我很少在他面前穿高跟鞋，更没有在他面前穿过晚礼裙，和他在一起永远都是那个穿着 T 恤舒服自在的我。和他在西藏灵芝旅行的一天晚上，两人小酌了几杯后往酒店走，月朗星稀，风儿轻轻吹着云走，酒店前院一大片空地，空地后面挨着一片山，黑苍苍，没边没沿。夜的清气弥漫在空中，织成了网，把所有的景物都照在里面。先生突然搂住了我的腰，慢慢地随着风两人转了起来。我不时抬起头让皎洁的月光撒到我的脸庞上，月光晃过眼眸时，觉得眩晕。那晚我们跳了很久，像是有人办了一场舞会。虽然只有我们两个人，却感觉有无数生灵在看着，虽然我没有穿高跟鞋，但是那一夜我人生第一次有了一种在童话里的感觉。

后来想起小时候在窗台上许过的那个想变成公主的梦想，原来意大利的那场舞会是青春时对公主假想的样子，而生活中当你遇到对的人，你就会变成真正公主的样子。

别人的爸爸

斯里兰卡 | 科伦坡

6 岁的时候父亲心肌梗塞在家里去世，我第一个发现了他的死亡。

随后母亲赶到，晕倒在床榻前。那是我6岁夏天的记忆。接下来的日子，家里沉浸在哭泣声中，好多年。

关于父亲所有的记忆，都凝固在我极短的童年里。我的父母都是大学老师，小时候，我就住在学校大院里。我父亲在学校可是出了名的新好男人。全院子的阿姨们都羡慕我母亲嫁了个好老公，在家里，母亲十指不沾阳春水，说话娇滴滴，一副被老公宠溺的样子。我的父亲，能说3国语言，弹得一手好琴，能烧一桌好菜。3 岁的时候，我就跟着父亲学画画和弹琴，每个周末，只要父亲不授课就会带我到郊区写生，那是我和父亲单独在一起的时光。那时候时间过得特别慢，一枝一叶在纸上都像经历了四季。每次画完一幅，我都会把它挂在墙上。直到父亲去世，我妈妈带我搬离了那个家，那些画随着童年和父亲的记忆，都被锁在那间屋子里。

父亲走后，母亲患了抑郁症，过了很长一段时间后才振作起来。关于父亲，我们后来都很少去提，也不敢回忆。因为我们都太爱他。我们知道那伤口有多痛。

其实人年轻的时候，是感受不到很多东西的，也许因为不敏感，又或者因为疲于江湖奔波，自己的记忆底层自动进行了屏蔽，慢慢地，童年的故事被我埋葬了起来。直到越来越大，一点一点的回忆和感伤从记忆里翻出来。第一次真正意识到没有父亲是一个极大的缺失，是从一次婚礼开始的。

在斯里兰卡，我应邀参加一个朋友的婚礼，而这个朋友的身份有点特殊，她是斯里兰卡总理的女儿。这总理嫁女的排场我还从来没见识过呢，不用想也知道非同一般，但是必须亲眼见了才知道到底多么不一般。

斯里兰卡人其实都很传统，特别是在婚礼这件事上。在我们国家，已经越来越多的人选择西式的婚礼，甚至全盘西化地选择教堂婚礼，很少有人还遵循着中式婚礼的习

又闪过我的面前，远远地，父亲坐在钢琴前，拉着我的小手，一个音一个音地敲着，出错时，他用鼻尖顶了顶我的鼻尖……

差一点做应召女郎

日本丨东京

那一年看过《新宿事件》，压抑得透不过气来，对歌舞伎町更是心有余悸，但是我这个人天生好奇心强，而且强大，我还是想亲眼看看那里到底是什么样。

当我再次到达东京的时候，我的两个好朋友提出要陪我去逛一逛。他们俩，一个是会说中国话的东京人小野先生，一个是会说日本话的中国人S先生，他们都是常年居住在东京的，应该都算是东京人了。当我描绘了电影中惨不忍睹的画面时，他们连连说没有那么可怕。S先生还特别推荐了歌舞伎町后面大概只有本地人才去的居酒屋一条街，他说那里就相当于北京的后海，或者胡同里老北京开的小饭馆，吃一盘花生米喝二两二锅头，听着德云社的相声。

虽然他说的这几样都不是我的最爱，但是我的人生总是喜欢掺和，我总相信别人喜欢的别人强力推荐的自有它的好，我的旅行很多时候都是因为这种态度而“节外生枝”的，我的旅程，完全不能只是通过搜索引擎来完成，我很喜欢倾听别人讲述他们去过的地方，他们喜欢吃的东西，听的时候若是感兴趣，那人可能已经在路上一半了，去别人喜欢的地方、感受一下他喜欢的道理，是个多好的旅行理由。

歌舞伎町位于东京最繁华热闹的新宿，这里通常会灯

下河原
4
えびす屋

火通明到夜里三四点钟，有些店看样子是会营业到天亮的。这条街比我想象的短，但是这里却密密麻麻聚集着几千家娱乐保健场所，每走一步，可能就换了四五家店面。

东京是个很精致的城市，和日本人的娇小一样，这个城市也处处透着小而用心。方便的公共设施，干净的街道，行人中既有穿着笔挺西装的上班族，也有花里胡哨的东京“杀马特”。

这条街上满眼都是闪烁的招牌，两边是五花八门的各种店面，门口站着穿着时尚的男店员或者萌死人不偿命的卡哇伊妹子，日本姑娘真是好体格，冬天都不穿袜子，露着不长也不细的圆润小腿，倒也真是日本独有审美里的一种性感方式呢。不得不说，日本是这个世界上最爱超短裙的国家了。我问S喜不喜欢日本女生，他摇头，说年龄感有点混乱，她们打扮得普遍太低龄，不过他说上一点年纪的就不同了。

这条街太绚烂了，我的眼都看花了，都不够用了，各种招贴、海报，各种性用品店，各种服务馆，有针对男性顾客和女性顾客的，不知道为什么，走在这里，我并没有走在风月场所的不堪感，这里的店员看起来很专业，态度和蔼，又很有耐心，反而是有几家店雇佣的黑人店员凶神恶煞很不会做生意的样子。

巨大的广告牌上，男男女女都如同明星一样耀眼。小野说他们当中好多人都是开着宝马、奔驰、兰博基尼来上班的，无论是顾客还是他们自己，都觉得这是一份正当的职业，而且收入颇丰。如果只是聊天陪酒的话，大概也要每小时6000-7000日元。他们都经过严格训练，点烟、倒酒、递毛巾，甚至到聊天的内容，都相当专业、礼貌。

仔细看招牌上的男生，千篇一律的白白嫩嫩，就如同日本漫画书里走出来的人儿，据说这种长相的男孩在这里都非常吃香。但是我没法喜欢面膜用得比我还频繁的男生，皮肤比我还嫩滑可还成？

据说进店的顾客也是很讲究的，一般不会超过30分钟，少有狂欢三两个小时不醉不归的顾客。这些店通常都是接待熟客，对于陌生的客人尤其是外国人，有很多店都不会接待。走了一圈，发现歌舞伎町比起东京其他地方还是混乱一些，如果不是两位会说日语并且一看就是本地人打扮的男人跟着我，我是不敢来这里的。感觉万一被拉进去，出来可能就变成“林子哥”了。这种地方，既然是当地文化，那感受一下就好了。

S先生问我要不要选一家店进去看看，我说“还是不要了，咱们赶紧去居酒屋吧”，毕竟我对喝酒的兴趣远远大于白嫩男生。

悠然走在大街上，隔一会儿就有人给我塞张小卡片。花花绿绿的一张，写满了我看不懂的日文，应该是店内服务的宣传卡片吧。懂日文的S先生看后嘿嘿坏笑，他说："恭喜你啊，这个是应招广告，异国他乡你也有讨生活的资本了。"

不会吧，我这个气质难道已经不知不觉接近歌舞伎町的水平了？我让S先生给我翻译翻译上面都写了什么，他说就是某某店招募应招小姐，有意就去店内面谈。我还头回遇见这样的事儿，但是也不知道应该是个什么反应好，一时拿捏不准。

S说："你应该高兴啊，起码在这一国的审美里你

属于漂亮女孩的范围，不好看的人家还不塞给你呢，现在就看你的意思了，要不要去试试啊？”一旁的小野用很熟练的中国话说，旅行最好的体验就是找一个当地有特色的工作。小野先生，学中文，不是要用在这些地方的！

在去居酒屋的路上，我一共收到了5张招聘小名片，让我哭笑不得，这也算是我求职生涯的巅峰了，当年从播音系毕业都没有这么多电视台争着要我呢。

居酒屋一条街，实际上就在歌舞伎町的拐角处。当拐进这里，突然间变得安静下来，频闪的霓虹灯消失了，只有幽暗黑夜中几盏有着醒目的居酒屋标志的灯笼。居酒屋一家接一家，十几平方米到二十几平方米，都很迷你袖珍，而且都是舒适的标准日式风格。

穿着优雅和服的四五十岁的日本女人在店内或者店外招呼客人，温柔地聊天，得体地说笑交谈。有些妈妈桑身材已经走样，但是风韵犹存，收放自如地跟路人打招呼，手脚麻利地上酒上菜。感觉他们就像北京胡同饭馆里能干的大姐，听着她们的声音，你就能感到是有故事的。

除了这些上了些年纪的妇女，这里还有年长些的大叔在街上拿着自己的木吉他，一路唱着传统的日本民歌，如果有客人喜欢，他们就会入店唱上几首。

在我这样一个外国人看来，居酒屋就是对日本文化最直白的诠释，日本人的欢喜、寂寞还有故事，都在一杯酒中娓娓道来。那种气氛让你觉得原来这就是日本。于是我喊着小野和S："快来快来，今天我请客好了，反正马上就找到工作了嘛。"

这个地方我前世住过

捷克 | 克罗姆罗夫

一般来说，按照对旅游目的地的偏爱，旅行方式可以分为三种：

第一是海滩派，就是喜欢有海有阳光的地方，趴在沙滩上什么也不做，别说一整天，一整年都乐意；

第二是城市派，喜欢大都市的繁华，享受一切高度文明及先进科技带来的便利；

第三则是文艺腔的小镇派，要去就去人烟稀少的小镇，没有现代生活的压力和设施，还原宁静朴素的生活。

而我却是最没有立场的游离派，到了纽约就爱上大城市的气派，到了马尔代夫则摇身一变成为沙滩女郎。可是到了捷克的克罗姆罗夫，我就算是再坚定的其他派，也没法不爱上它的小镇风情，欧洲最美小镇这名号，不是盖的。

听人劝吃饱饭，在布拉格朋友的建议下，我在网上订了 student agency 大巴的票去克罗姆罗夫，也就是 CK 小镇。这大巴堪比波音空客，座位宽敞舒服，不仅有咖啡和热巧克力，每个座位前面还有块屏幕，看电影或者玩游戏任君选择。让我最惊喜的是，游戏的选项里竟然赫然出现了“dou di zhu”的字样，看来我国博大精深的扑克文化已远播中欧，真是可喜可贺。于是，我开始教邻座的意大利小伙子玩斗地主，他则用中文尊称我“师父”。我这徒弟在米兰学设计，没事儿就四处溜达，廉价机票有时候只需要几欧元，真是羡慕他这么有闲还不用花钱。我问他一会儿下车后先去哪儿，我这四海为家经常睡机场的徒儿说：“还没想好呢，走走看吧。”

有个常年在外晃悠的朋友曾经跟我说，一见钟情这回事他压根儿不相信，无论是了解一个人还是熟悉一座城市，三四年后再回头看，之前的全都是一时冲动下的自作多情。

可是我相信一见钟情，我相信任何一种可能性。

在一个自己喜欢你感觉它也喜欢你的地方，眼睁睁看着时光流逝，那种感觉，妙不可言。移步换景的 CK 小镇就是个这样的地方。这里和欧洲其他的小镇一样，有低矮的窗户、斑驳的砖墙、善意微笑的当地人，最不一样的则是那一片红色的屋顶。虽然这个画面在杂志上、明信片上看过太多次，但是亲眼看到的时候就是不一样，陌生又熟悉。

路上还看到了一个穿着长裙的少女在弹奏竖琴，她就坐在大树下的一块石头上，悠扬的琴声一直往天空的方向飘去，似乎并不想惊扰行人。太美了，就凭这少女的竖琴声，我就知道这个小镇也喜欢我，这绝对不是自作多情，是真正的心有灵犀，和一个陌生的地方心有灵犀。

在这个童话一样的地方，应该把日子过得像自己的日子。所以，对我来说，那就得赶紧去找个地方吃点儿喝点儿，然后约上徒儿一起去广场外面的台阶上斗地主。在心有灵犀的地方，做心有灵犀的事，应该就是快乐了。

回到民宿，我爬上顶层的露台（房东竟然还在这里种了菜），这里可以看到整个小镇。露台上，有一个大大的蹦床，这东西我已经太久没有玩过了，它像磁石一样吸引着我，每次我试图把目光移开，却又再被吸过去。那索性就跳上去好了！

我迅速脱了鞋，跳到了蓝色的大蹦床上。每次弹起来，会高出屋顶好多，我都感到是在全世界的顶点了，远处的教堂，一会儿闪现一会儿消失，还有街上的游客，一会儿出现一会儿隐没。得意忘形的我以《泰坦尼克号》中杰克和“肉丝”的姿势在蹦床上撒欢儿，仰起头就只有蓝蓝的天，那一句“I'm the king of the world”马上就要脱口而出了。只听见楼下街道上，有人在喊：“师父！”定睛一看，是我那意大利徒儿，我索性对着他大喊：“I'm the 师父 of the world！”

三生万物

摩洛哥 | 马拉喀什

有些国家，尽管你没有去过，对它也知之甚少，却莫名有着好感，比如摩洛哥。第一次让我知道这个国家的，是经典电影《卡萨布兰卡》，英格丽·褒曼忧郁的惊鸿一瞥以及“世界上有那么多地方那么多酒吧，可你就偏偏走进我的这一家”的奇妙和无奈，让我对这个地方充满了向往。

而我竟然就来到了这个自己最向往的非洲国家。摩洛哥也是我在《世界游》栏目组的第三次旅行的目的地，这是一个那么不一样的地方，从这一次开始，我就一发不可收拾地爱上了我的工作，而且再也不会改变。

曾经有人说：“在你的节目里，我看到了世界各地各种各样的人，无论他们贫穷还是富有，你和他们在一起的时候，你们都是快乐的，我喜欢你节目里快乐的感觉。”

这也是旅行中，我最喜欢的部分。我喜欢一个地方的人，胜过喜欢那里的风景。人，才是每个城市最鲜活的风景。在每个陌生的城市，我都努力地和当地的人们交谈，感受他们的生活和快乐，也努力地与他们分享我的食物、我的快乐。

在摩洛哥的马拉喀什，我遇见了不计其数的有趣的、奇怪的人，他们装扮着这个千奇百怪的世界，共同组成一个我所不知道的摩洛哥。

马拉喀什近年非常热门，很多好莱坞大片都来这里取景，我最喜欢的《欲望都市》电影版也是在这里拍摄的。当地人都说，要是没来过马拉喀什就不算来过摩洛哥，如果没有来过迪加玛广场就等于没来过马拉喀什。这坊间传闻我懂啊，相当于咱们说的“不到长城非好汉”呗，那迪加玛广场又是什么样啊，是跟我们的天安门广场一样的么？

其实迪加玛广场是个热闹的大集市，聚集着无数在我看来不怎么正常的人，他们不亦乐乎地尽情表演着，让我大开眼界。这哪里是个集市，这就是个游乐场，是个大舞台，是个疯人院。艺术家都是疯子，迪加玛广场上的疯子们更有一种吊儿郎当的气质，在我看来，艺术的一切对于他们不仅只是谋生，或许更是生活的常态。其中有三个人，让我印象尤为深刻。

第一位，是迪加玛广场上60多岁的卖水人艾勒。一走进广场，就没法不注意到他，他戴着个花里胡哨的大帽子，挂满了五彩流苏，穿着红色的袍子，脖子上叮叮当当地绕着十几个小铜碗和铜杯子，手上摇着大铃铛，一路摇摇晃晃的。我问艾勒爷爷可不可以把这套行头给我也试试，他二话不说帮我穿戴上了。不穿不知道，这一套行头也太重了，足有几十斤，那铜杯子铜碗可是货真价实的铜制品，光是背上几个杯子就够我受的了。那个沉甸甸的羊皮水囊里，又装满了水，走了好久也没有人来买一杯水，分担下我的重量。

艾勒爷爷给我倒了一碗，让我尝尝。这么客气，那我得先干为敬啊，一仰脖，这一小碗水竟然没喝下去，因为水里有一股奇怪的味儿，应该是羊皮的味道。老人看我为难，又和善地接过我用的铜碗，帮我喝完了。

其实在马拉喀什到处都有超市或者小摊位，想要买到一瓶矿泉水很方便，况且这种水又有点儿难喝，为什么还有人要卖呢？艾勒说，卖水是一个古老的行业，在很久以前，一场干旱就足以让很多人丧命，在那时，如果听到卖水人这清脆的铃铛声，那就有生命的希望了。艾勒说他已经卖了 40 年的水，他家世世代代都是靠这点微薄的收入来维持生活的，他也从没想过要做别的工作。

不过据我观察，他现在已经有了个副业，就是和游客们合影，看起来这个生意远远比卖水红火。

第二个人，让我最难忘，因为我觉得他有点可恨。要是让我再去马拉喀什见到他，我就躲远远儿的。这个人是个故事里才有的吹着笛子的耍蛇人。

在迪加玛广场最繁华的地方，围着里三层外三层的人，隔着人群我看到长长短短四五十条蛇盘踞在广场上，没有任何防护措施，它们要是受到惊吓四处乱窜，那得咬伤多少人啊。

人越聚越多，大家好奇地向内张望，耍蛇人漫不经心地吹着笛子，蛇弟兄们听着他的笛音，扭来扭去。我天生怕蛇，丝毫不觉得这个表演有美感和有趣，连直视都不敢，因为摄像机一直跟随着我，我只能在外围兜圈子，故作镇定地说太神奇了。

导演说："这样不成啊，你得进到里面去，跟蛇互动。"我声音颤抖着说我不想去啊，可是"万恶导为首"，没人性的导演就当作没听见我说的话，用力把我推了进去。

我穿着一件艳丽的T恤，暴露在四五十条黑乎乎的蛇面前，正好此刻耍蛇人的笛声停了，蛇兄弟们马上定住不动，齐刷刷地盯着我。我吓得大气儿都不敢喘了，求助地看着耍蛇人。他嘿嘿一笑，笛声继续，蛇又开始摇。我总算松了口气。还没站稳，笛声又停了。那笛声跟遥控器似的，操纵着蛇的摆动。笛声响它们就摇摆，笛声一停它们就盯着我。几个回合后我才明白，原来这个耍蛇人是在戏弄我，故意吓唬我。我又生气又害怕，可转念一想，也许他是开玩笑吧，在当地人看来这根本不是什么大事儿，也许跟这些蛇面对面亲嘴他们也能镇定自若。

惊魂未定的我，心虚地对着摄像机大说特说，其实就是为了躲开那些蛇，也好让耍蛇人不再把注意力放在我这里。正在连说带比画的时候，我突然感觉脖子后面一阵凉意，冷飕飕的一个东西爬了上来……可恶的耍蛇人把一条蛇放在了我的脖子上。我简直要怒发冲冠，冰凉的蛇身和我的皮肤接触的刹那，我的汗毛都竖起来了，不寒而栗的恐惧超越了我的愤怒，然后我耳边又不合时宜地响起了一个声音，有个刚好经过的游客在小声说："那条是毒蛇……"我再也无法忍受，号啕大哭起来。

摄像师停止了拍摄，全场竟然欢呼雀跃，耍蛇人得意洋洋地谢幕，回望我的那一眼充满了挑衅。我恨透了这个人，想把所有形容坏人的词汇都用在他身上。我边哭边控诉这个职业，旅游节目主持人简直是个"三惨"职业：惨无人道、惨绝人寰、惨不忍睹。

编导也被我吓到了，不过没过 10 分钟，她就又安排我去吃黏糊糊的像鼻涕一样的蜗牛了。

遇到的第三个人，我觉得倒可以算个真正的艺术家，只是太高傲，她就没用正眼看过我一下。她是个画 hanna 的妇女。hanna 是一种非洲盛产的散沫花，也就是我小时候玩儿过的那种指甲草，是一种天然的染料，把它磨碎和上水，就可以当作颜料一样在皮肤上作画，有点像纹身，只是它的图案更加粗犷一些，大多都是花草等植物。摩洛哥的妇女通常把这些图案画在手上或者脚腕上。这位画hanna 的妇女，自始至终不爱搭理我，看到摄像机也无动于衷，根本不在乎自己以这么一副冷冷的模样出镜。

其实我对这个 hanna 纹身很感兴趣，但是她这么不友好，让我把满肚子想问的话都咽了回去。在我腿上画画的时候，她动作干脆利索，用了 5 分钟就大功告成，那过程不像在画画，倒像是在蛋糕上挤奶油花。我问导游这位摩洛哥大姐为什么不友好，导游说每天接触的游客太多，她没有心情了。

马拉喀什人把迪加玛广场叫作“疯人广场”，因为在他们眼里，“疯子”绝对不是一个贬义词，它描述的是一个人的新奇、有趣、个性和自我坚持。这么看来，那三个人还真是马拉喀什名副其实的“疯人”了。

看杨德昌导演的《一 一》时，我曾感悟到《道德经》里“一生二,二生三,三生万物”的玄妙。通过这三个人，我好像看到了摩洛哥千千万万个人。三人，即世界。

冰川薄荷糖

阿根廷 | 卡拉法特

我不能奢望在有生之年登上南极的土地，它不是光靠勇气就可以实现的。不过至少我已经在最接近南极的陆地上，不算很远地看了看那一片冰川。这一眼，此生足矣。

地球上有很多地方，在我们还未曾听说的时候，就已经长久存在了，而当我们踏上寻找它们的旅程时，它们却正在消失。地球上的每一片冰川都处在消亡的边缘，不知道哪一天它们就会突然消失，永远成为明信片上的奇迹。

我去的地方叫卡拉法特，这个小城在阿根廷最南端。我们到达时已经是南半球的初冬，客栈外偶有游客坐在小桌前，边喝当地特产的啤酒边悠闲地写着旅行日记。我虽然有一点点想跟他们一样坐下来享受半日清闲的心思，但是同行的其他人全被要踏上冰川的大心思装得满满的，由不得我有任何动摇。等待我的是真正的冰川，真没时间坐下来喝冰川牌啤酒了。

冰川要先远观，再近看，每一步的走近或者远离都带来不一样的震撼。远远地，就可以感受到冰川的气息。空气似乎被全部净化了一遍，远处是白里透蓝的壮丽冰川，眼前安静得没有一点声音，只有仿佛为衬托冰川才出现的雾霭。这，就是传说中的人间仙境吧。

莫雷诺冰川位于阿根廷国家冰川公园内，这里还有它的兄弟姐妹，一共47片冰川。去过很多国家公园，却没有一个像它一样有魔力，像霍格沃茨的冥想盆一样，一直吸引着我。

去往冰川公园的路上，大家出奇地安静，都默默望着窗外。不知道是不是因为海拔的原因，大家好像都有点提早进入痴呆的状态。

常年在外，虽然旅行的频率远远高过普通人，但就算是故地重游，我也依然保持着初次到访的游客心情，何况这次是朝思暮想的冰川。

在期盼和想象中，莫雷诺冰川突然出现在我的视野里。它的壮观是在之后才感受到的，当时第一眼看到它的感觉相当神奇，寻遍脑中词汇来与之匹配，半天就想出一个词：太……甜美——这是我能想到的最贴切的一个词了。能想象么？第一眼的莫雷诺冰川看起来像一颗颗蓝色的薄荷糖，外面撒了一层白白的糖霜。不管别人眼里的莫雷诺冰川是什么样，我的莫雷诺冰川就是蓝色的薄荷糖。

我的薄荷糖就如同蓝宝石一样，那蓝色也如大海一样深邃，是我从来没有见过的蓝色，是任何色谱上都找不到的蓝色。它不仅是一种颜色，还散发着一种光泽，蓝得剔透，蓝得一塌糊涂。这个蓝色里有一种深深的不能替代的被需要感，如果全世界只允许有一种颜色，那就是它。

但事实上，冰川所呈现出来的梦幻蓝色并非它的真实色彩，是通过光的反射和折射，才出现了这种颜色。又因为冰块的大小形状不一，让这种蓝色变得深浅不一。

走上观景平台，越来越近地俯瞰冰川，此时的冰川是我从来没有见过的样子。从这个角度看上去，冰川的顶部一览无余，陡峭的冰壁消失了，取而代之的是一个又一个密密麻麻如雨后春笋般的冰川尖，像是一个冰之树林，布满嶙峋的深隙。见的美景多了，人便多了一项技能，那就是学会了变换角度，然后你会发现，真正美的东西，任何角度都会呈现不同的美，这种神奇和持久才称得上是真的美。

莫雷诺冰川其实是个大冰墙，共有250平方公里，冰舌阔面5公里长，差不多有20层楼那么高。导游说，这里的冰，不是融化的水，而是挤压出来的雪，还可以看到里面有很多气泡。

所有见到莫雷诺冰川的人都兴奋异常，但是也毫无例外地变得词汇贫乏，大多数人只是张着嘴，或者忙着拍照，比起他们，我还能想出“甜美”这个词，已经属于比较有才华的了。

突然一声巨响，所有的游客都忙着寻找声音的来源。眼前的景象如同电影中的特效场面一样：就在左前方，一片巨大的冰坍塌下来，像一座小山峰一样整座脱离了冰川，随即破碎成大块大块的冰，伴随着轰隆隆的声音，坠入湖水，湖面泛起大片水波，湖水猛烈地冲撞着后面的冰川，甚至冲到岸上来，而那些散落的冰块最终浮出湖面，徜徉在冰冷的阿根廷湖的怀抱。冰川上削落的部分，露出新鲜稚嫩的冰的颜色，安静地等待着下一次冰崩。那一刻的感受无法言喻，有一种想哭的感觉，那是对大自然无言的生命力的感叹。这座“年轻冰川”此刻终于展露真颜，气势磅礴的它用特有的声音证明着它的存在。

原来这才是莫雷诺冰川，经过了20万年，它依然是有生命的。它是世界上唯一在成长的冰川，每天都在往前伸展，因为气候变暖，它也在不断剥落。莫雷诺冰川正以一种平衡的方式继续它的成长，这让我们每天看到的它都是唯一的。

随时出现的冰崩，就是莫雷诺冰川和其他冰川最大的不同。在习惯了这种震撼的巨响后，我的听觉变得细腻起来。在几乎每半个小时就发生一次的冰崩间隙，还会出现数次噼里啪啦的清脆冰裂声，每个声音都导致游客们兴奋地寻找声源。据说 20 年前，冰崩只是每年才发生一次，如今却时刻在发生。为了看到这个神奇的景象，无数人慕名而来，甚至有 30 多人在这里丧生。莫雷诺冰川有着人类愿意为之付出生命的风景。它冰裂的声音，是我在所有旅行中听到的最震撼的声音，那似乎也是大自然给我们的警告，让我们对它那不可逾越的力量产生无比敬畏。

冰川崩裂的瞬间，我只能愣愣地看着这一切发生，峡谷里回响着这个声音，感觉到处都是冰的坍塌，冰的声音、水的声音、游客的惊叹声，交织在一起。随后一切又归于平静，冰川恢复了冷静和悠远。莫雷诺冰川的精彩，正在于它凝固了世事上下千万年，却在一瞬间爆发。

要体验莫雷诺冰川，先看，再听，还是不够，要真正踏上它，接触它冰凉的肌肤才成。来到冰川不玩冰怎么成，我的蓝色薄荷糖有两种玩法，big ice 和 mini trekking。一个是长达 4 小时的深度跋涉，另一个是浅尝辄止的迷你冰川徒步。

穿上冰爪鞋，在教练的指导下，我的冰川徒步开始了。这可是在全世界最危险的地方行走，摔一下可不是磕破膝盖的问题，而是有可能脸朝下直接拍在坚硬的冰上。其实这不过是外行人的担心，在冰川上走路，最担心的还是那些暗藏的冰缝，如果踩到一条坠落下去，因为摩擦力的关系就会越陷越深，后果不堪设想。不知道为什么，对于旅行中的各种危险，我好像很少有真正的恐惧，无论别人说得多么可怕，总是无法浇灭我那跃跃欲试的小火苗儿，所以咱那“林大胆”的称号也绝非浪得虚名。于是我开始了冰川徒步处女秀，一路上看到了好多幽蓝幽蓝的冰洞，里面是一汪汪的冰水，这是全世界最洁净的水。在行进的途中我也冒出过想要走走不寻常路线的念头，但是为了保护冰川，还是跟随教练走完了固定路线。

在终点等待我的，是这段旅程中最好玩的部分：

Scotch on the rocks！敲碎一块冰川上的冰，倒上一杯威士忌，享受这有20万年历史的旷世美酒吧！人家是用冰配酒，我这酒却是为了配冰的。晃动酒杯，冰块在杯中发出窸窸窣窣的冰裂声，这可是万年冰川的冰，好想把它们带回家，向冰箱里冰盒中的冰块们炫耀一番。

回到北京后，我读到了一首诗，诗里的每句话都让我想起在莫雷诺冰川下的时光："我用什么留住你……？我给你一个久久地望着孤月的人的悲哀，我给你一个从未有过信仰的人的忠诚，我给你早在你出生前多年的一个傍晚看到的一朵黄玫瑰的记忆……"而写出这么美的诗的这个人，正是阿根廷诗人博尔赫斯。

不就是钱吗

阿联酋 | 迪拜

要问迪拜的代名词是什么，去过的、没去过的，应该都会异口同声地说：奢华。在我第一次听说迪拜这个名字的时候，它就是和奢华一起出现的。在我的记忆库里，迪拜是阿拉伯乃至全世界最有钱的地方，马桶都是金子做的，满街跑的车最次也是布加迪威龙，堵车了就用自家直升机把车吊起来，自动售卖机里卖的是金条，上菜摆盘我们就用个胡萝卜花、切点儿黄瓜片儿，人家用的都是金箔。那里的人都挥金如土，还都特别有腔调到视金钱如粪土的程度，他们用的手机比我们家房子都贵，就是这么有钱又任性。

听说那儿的服务行业挣得可多了，小费是工资的几十倍。别拦着我，我必须去迪拜。去的路上我就跟编导撂下话了："那边儿情况要是好的话，我可能就不跟你们回去了，要是光小费就每月好几万，我还当什么主持人啊。"大家说："放心，绝不拦着你，但是不能保证到时候不为了争一个职位而打你。"物欲横流的时代啊，身边都是丧心病狂的人，我得小心点儿。

迪拜是建立在石油上的城市，从 30 年前出产第一桶石油，就开始有各种各样用金钱堆积起来的奢侈品。它是沙漠中最奢华的地方，一次又一次堆砌起世界之最，也一次又一次颠覆人们对于奢侈的定义。

我就不说那些没用的，也不管这地方是怎么发达起来的了，此刻真的就是特别想炫富。说炫富也不合适，毕竟那个“富”不是我的，我只是享受了一下富豪们扎堆的城市里的生活，但是已经足够作为谈资。每个去过迪拜的人，都会迎来别人艳羡的目光吧。那我就尽情嘚瑟一下吧。

首先吧，我都不是特别好意思说了，你们现在是不是还在地铁里挤着去上班呢？我能嘚瑟的机会也不多，麻烦各位就忍忍，容忍我这一回吧。我刚一下飞机，就随便坐了一辆劳斯莱斯。那劳斯莱斯吧，其实也挺普通的，就是比夏利长点儿，宽绰点儿，有个穿雪白制服的阿拉伯专职司机，里边有个 mini bar，大概也就十来种酒，真的挺不全面的。司机的驾驶技术也不成，一看就是在下班高峰的北京二环路上开车搞不定的。这迪拜的马路也不成啊，单向才 7 车道，还不到 800 米宽呢。

我还没来得及跟他们反映我的这些意见，就已经到目的地了。

下车一看，是一酒店，还弄得跟个帆船似的，造型真的挺俗气的，门口那转门还不如我们电视台那个呢。大堂倒是挺大的，还有个超级大的喷泉，可是没多少人，看来他们不怎么会做生意啊。一位穿着蓝裙盘着头发的小姐，引领我上楼，说已经准备好了我的房间。其实要不是他们这么热情，我还真的不是特别想住这儿。这楼太高了，要是停电了再停电梯，我行动多不方便啊。再说酒店那么大，我去个餐厅还得打个车，不好不好。

我们乘坐的是一台观景电梯，棕榈岛、亚特兰蒂斯酒店一一在眼前出现，都看腻了——你们这儿怎么没有天安门啊，怎么没有中华世纪坛啊。正琢磨着，电梯停在了25层的皇家套房，我的华人管家早在那里等候我了，工作人员站成一溜儿，有递毛巾的、有递果汁的，也不是外人，那么客气干吗。

管家说，这是整个帆船酒店最豪华的房间。不过你们不用羡慕，其实也不算太豪华啦，只有780平方米，也就相当于十来个小户型，而且房间里所有的装饰品都用黄金打造，哪儿哪儿都是金灿灿的，挺晃眼的。听说已故的设计大师范思哲曾经在这个房间住过一晚，回去后赞不绝口。为了哄他们高兴，我就说这个房间是优雅的黄金屋。

走到窗边，我发现尽收眼底的可不是普通酒店能看到的景色，楼下就是花了11亿美元填海而成的壮观的人工岛，迪拜的一切仿佛触手可及。这叫什么啊，不出房间就什么都能看见了，还让不让我明天出去玩儿了呀。

一气之下，我干脆不在房间里待着了，出去逛逛，去购物好了。可他们连正常版的iPad都没有，动不动就是售

价 4 万块的黄金 iPad，要不就是全金的 iPhone。真的够了，不是钱的问题啊，这个用起来太重了，我们女孩子不是很方便了啦。

购物中心里有不少当地的妇女，外面穿着大长袍，黑袍下露出的鞋都是香奈尔，包都是爱马仕。这些妇女简直没有追求，过着小火车式的生活，就是“逛吃逛吃逛吃逛吃逛吃”……

干脆换个心情，去酒店外的地方走走吧。刚踏出门一步，劳斯莱斯又来了，真烦人呢，想溜达溜达都不成，只好坐着劳斯莱斯去了迪拜塔。这是全世界最高的建筑，虽然有恐高症，我还是任性地决定要上去看看，过土豪的日子就得搭配一点任性才招人恨。迪拜塔高 450 米，从我坐上电梯的一刻开始计时，到达顶端用了 1 分 10 秒，比刘翔也快不了多少。

在空中待久了也很不习惯，赶紧接点地气儿才好。于是马上又换了辆这里的平民品牌奔驰 G55 吉普，司机说带我去沙漠兜一圈。沙漠是迪拜人的城市后花园，所以也没什么了啦，就跟在花园里野餐一样，我坐在沙漠里吃了一顿一般丰盛的午餐，具体吃了什么就不说了，你们不要嫉妒就是了。

驶出沙漠，我发现奔驰车在这里根本算不上什么啊，出租车都比它高级，所以我果断地换乘了水上飞机，在迪拜空中，俯瞰这个城市的一切。帆船酒店也在我之下，棕榈岛，我看见你了，还有布拉德·皮特、贝克汉姆，我看见你们……在棕榈岛上的豪宅了。在迪拜空中盘旋了 40 分钟，因为担心空气状况，就赶紧下来了。

稍稍打听了一下，迪拜当地人大多是在政府部门工作，那么热的天气，他们当然喜欢待在凉快的写字楼里，而那些很基础又辛苦的工作，大多是印度人、斯里兰卡人在做。政府工作人员，都是月薪 3-4 万人民币，每天工作最多 8 小时。而辛苦的底层工作人员也享有不菲的月薪，比如一个普通酒店的女前台，月薪就是 1 万多。做足了功课后，我决定立刻跟节目组告假了，但是已经不知道找谁好了，因为他们都忙着应聘去了。

好了，终于炫了个痛快。接下来就是揭开真相的时间了，跟大家坦白一下我在迪拜种种风光背后的真实情况。

这帆船酒店么，一晚价格 12 万，我连在沙发上坐 5 分钟的钱都不够，所以很简单，拍摄完入住酒店的画面就立马卷铺盖到几公里外的一家普通酒店去住了。而迪拜塔在我们去的时候已经因为电梯故障关闭了近 2 个月。那劳斯莱斯自然也是为了配合拍摄的，只有水上飞机我是真的消费了一把，不过那也是来迪拜的游客人人都坐得起的，45 分钟 200 美元。还有在节目里出现人均消费几千块的水下餐厅，我们也是拍完和鱼儿共进晚餐的浪漫场景后，就立即撤离去吃路边摊了，仔细看就会发现我面前的红酒杯都是空的呢。

好了，我已经坦白了，我假装土豪的迪拜之旅还能在大家的羡慕嫉妒恨中画上句号吗？

要啥自行车，哥们来匹骆驼吧

阿尔及利亚 | 撒哈拉沙漠

夜深人静的时候，我曾经掰着手指头数我去过的国家，一幕幕回放着我在每个地方的经历，自己比来比去，选出了一个我最喜欢的地方，那就是北非的阿尔及利亚。

它的北部是风景如画的地中海，南部则是地广人稀的撒哈拉沙漠，阿尔及利亚就是这么个一半是海水一半是火焰的地方。地球上最壮观的两种自然景色在这里奇妙地融合，今天在地中海喝下午茶，明天就在大沙漠里踽踽独行，这正是我多年来最向往的侠客般又不失文艺范儿的日子。我喜欢这里是因为它和我想象的非洲完全不一样，新鲜的空气，蔚蓝的地中海，蓝天白云触手可及，沙漠又广阔无边。我向来喜欢这种对比的感觉。

了解一点儿阿尔及利亚的历史和经济，就会发现，这个国家有海有沙漠，有石油有天然气，真是占尽了地利。可是走在阿尔及利亚的大街上，明显感觉到这是个国富民穷的国家，路上连个红绿灯都很难见到。而且这里也不是个旅游业发达的地方，几乎没有任何针对游客的便利措施。所以，刚来到这里的时候，感觉有点孤单，自己是个外人的感觉分外明显。但是一旦你看到了沙漠的美丽，孤单就荡然无存，你会感觉到整个世界的拥抱。

到达阿尔及利亚的第三天，我们开着越野车，从大马省沙漠边缘向撒哈拉沙漠深处前进。这是我第一次见到沙漠，兴奋之情溢于言表，我毫不吝啬地赞美沙漠的壮观。只过了一会儿我就发现了，这沙漠壮观是壮观，可这景色，从一进来就没有过任何变化，除了荒凉的沙丘，就是零星的骆驼。重复的画面不厌其烦地出现，很容易让人迷失方向。沙漠这么大，看不到边际，我们开上一个小时都不知道是在往哪里开，极度没有安全感。在我即将绝望的时候，我们的车竟然误闯进了一个沙漠里的骆驼市场。

在阿尔及利亚，居住着很多柏柏尔人，这是个非洲的古老民族，至今都过着游牧生活。而我们来的这个地方，正是柏柏尔人赖以生存的骆驼市场。

在沙漠生活，所有人的交通工具都是骆驼，骆驼承担着这里的各种角色，送货、送信、送人，都得靠骆驼。如此说来，骆驼就是这里最重要的交通工具，那么柏柏尔人在这里买卖骆驼不就是跟我们买车卖车差不多吗？这不就是一个沙漠里的二手车市场吗？而且这里的车还全是自动挡的。

刚走进骆驼市场，就有几只骆驼朝我走了过来，这是自我推荐的意思吗？我冲骆驼摆摆手，说实话，不是很敢碰它们。虽然它们长得挺乖的，看起来也都是标准的慢性子，可它们毕竟一个个人高马大，不，应该是“骆高驼大”的，俗话说，瘦死的骆驼比马大，惹恼了它们踢我一脚可不得了。

说是市场，其实就是在沙漠中围起来的一块场地。据说这个市场已经在这里存在了700多年，我怎么看着像7天前才搭出来的呢？几百只骆驼，就那么干巴巴地站在沙漠里，是市场好歹也有个摊位啊，这么傻站在一起怎么分清谁是谁的？

我担心的真是太多了，人家柏柏尔人早就想好了办法，每只骆驼的脖子上都打着一个不一样的标记，类似于它的logo，这些logo表示它们属于不同的卖家。

我还从没逛过这种市场，满市场似乎只有我一个人以和他们完全不同的速率运动着，其他的一切，不管是卖骆驼的，买骆驼的，还是骆驼们，都缓慢甚至静止地存在着。10分钟，我就把市场转了一圈，还发现周围有不少虎视眈眈的秃鹰，把我吓得不轻。但是柏柏尔人看都不看那些秃鹰一眼，他们扎堆坐在沙漠里聊天，等待着买主。

我转圈这10分钟里，那边厢，已经有买主看上了一头高大结实的骆驼，导游喊我过去听他们砍价。过去一问，真不得了，这是笔大买卖啊，这头骆驼开价800欧元，买家不是土豪就是公款消费吧？双方迅速进入了砍价环节，可能是因为有我这个外人在场，土豪都不好意思砍价了，草草砍到750欧元结束了战斗。

这头骆驼的命运就在 1 分钟内被决定了，它似乎已经明白了自己即将离开，眼里闪烁着泪光，最后看了一眼这茫茫的沙漠。聪明的读者，请不要骂我，我就是随便抒情一下，我想描述得惨一点儿，让这一段比较催泪。别告诉我骆驼的眼里随时都带着眼泪，不过是为了清洗眼中的沙尘罢了。别说别说，这样不利于渲染气氛。

交易完成，柏柏尔人将亲手把自己的骆驼伙伴送上未知的路途。

在市场的边缘，停着一辆车身很长的大卡车，就像咱们见过的那种拉新车的轿运车。到了卡车旁边才发现原来这里不光有骆驼，还有羊。和骆驼比起来，"喜羊羊美羊羊"们格外娇小，大卡车运送的顺序是先送小朋友动物，再送大只的。于是小羊们被拖着后腿往车上拽，它们咩咩叫着死活也不上车，就这么一边被拽一边往后出溜，看得我有点想笑。刚刚酝酿出来的一点离别气氛马上就消失了。

小羊们毕竟是敌不过柏柏尔壮汉的，三五下就被拖上卡车。可这 750 欧元一只的骆驼就不一样了，它们毕竟要做最后的抗争。柏柏尔人也知道不会那么顺利，所以一下子来了 12 个人，他们必须共同完成搬运一只骆驼的工作。光是拉着骆驼走向卡车就用了 6 个人，4 个人在前面生拉硬拽，2 个人在后面用鞭子抽。好不容易把骆驼拉到卡车边，骆驼死活也不走了，整个身体使劲向后倒，剩下的6个人一下了都涌了上来，一条腿一条腿地拖骆驼上车。等骆驼的半个身子上了车，壮汉们分成车上车下两组，一组拉，一组推，此时这750欧元的高价骆驼已经吓到大小便失禁，才总算被完全拖上了车。看来，这骆驼买卖还真是个力气活儿，85千克以上级别的比较适合这个工作。

完成了一笔交易的柏柏尔人，像是被按了快进键，他们竟然开始追逐打闹起来，年轻的几个竟然打成了一团，他们也不再羞涩地不与我们对视，而是大胆地走到了摄像机前。生意做成了，有钱了，有钱就胆儿壮了。在这点上，全世界人民都一样。

吃饱了撑的台北

中国台湾 | 台北

台北小吃比台北还要有名。

这么说显然暴露了我的吃货本色，不过这已经不是什么秘密了，无须对我有多深的了解，只要看到节目中面对食物我那无法掩饰的喜悦就什么都不用说了。在拍美食片段时，导演可能会对别的主持人说“吃得 high 一点儿”或者“尽量表现出它的美味”，但是对于我，只会说“可以了可以了，不用吃那么多”。

2009 年第一次到台北，早就听说台北的小吃很好吃，我想那种好吃可能就跟早年间我盼望尝一口北京的豆汁、焦圈儿、驴打滚儿的心情差不多吧，但是到了台北才知道，也……太好吃了吧！

那次是拍摄一档美食节目，顺理成章得从早吃到晚，从知名餐厅到大小夜市，再到街头蛋糕店，各种眼花缭乱的小吃我统统照单全收，蚵仔煎、烤麻吉、炒花枝羹、鱼蛋粉、胡椒饼、筒仔米糕、炸鸡排、猪血糕、棺材板、鸡蛋葱油饼、大肠包小肠，这不是我在台湾吃到的全部小吃，而是我一个下午吃到的东西。那一个下午，我粗算了一下，至少吃了八顿。虽然导演每次都说“不用吃那么多，一点点意思意思就够了”，可是，臣妾做不到啊。台湾小吃真的每样都好吃，不用特别的意志去控制的话，根本停不下来。节目播出的时候，我看自己一直在词汇贫乏地说

“这个我来尝一下”，一口下去后，五官都幸福地飞舞起来，却又厚颜无耻地说“再尝一口再尝一口”。在一家蛋糕店里，我用牙签去戳盘子里黄灿灿的蛋糕时，店员小姐却用绵绵的台湾腔阻止我：“小姐那个是假的模型了啦。”我伸出的手不得不缩回来，但是那满腔对食物的渴望是彻底收不回来了，我只能把深深的渴望咽回去，留到下一家店再大爆发。

游走四方就必须有一张吃遍八方的嘴，还得有一个“有容乃大”的胃，在这方面，我的表现有口皆碑。出门在外吃得太杂，有时候难免肠胃不适，有好几次，剧组里人高

马大的摄像大哥都上吐下泻险些被打回原形，而我还没事儿人似的大摇大摆活蹦乱跳，因此人送外号“无敌大胃王”。凡是到了饮食条件艰苦之地，剧组同事必要先对无敌大胃王拜上一拜，祈求胃口大开且平安归来。

可是，这一次大胃王自己尝尽了苦头。

在各种新鲜、兴奋、美味把我折腾得晕头转向飘飘然之后，一种从未有过的感觉袭来了。我在记忆库里迅速搜索了一下，这显然不是饱的感觉，也不是撑，那是……好像是疼哎！无敌大胃王竟然吃到肚子疼了，我还有什么脸面回去见亲朋好友，为了保住一个别人看来可笑的戏谑称号，我竟然要隐瞒我的病情，你们见过比这还名副其实的“吃饱了撑的人”吗？

我避开众人，假装说要会会台北的朋友。于是，我仗义的台北好哥们儿 20 分钟后就出现了。我叫他“喇叭”，喇叭是土生土长的台北人。别看他长得虎头虎脑的，却是个台北通，哪里有好吃的、好玩的他是一门儿灵。由于电话里我隐瞒了实情，喇叭赶到时第一句话就说：“我带你去吃全台北最好吃的……”“打住！”此时此刻我已经没法再听到“好吃的”这三个字了，胃里一阵阵绞痛。喇叭啊，我都面色苍白了你还看不出我是吃撑了，非要一个吃货承认这个事实是多掉价的一件事啊。无奈之下，我也只能如实道来，喇叭很严肃地听我说完，没笑也没安慰我，他盯着我苍白的脸，字字珠玑地说："我们去医院好了，今晚还有热炒和台湾啤酒在等你。"

好哥们儿，你懂我。我们俩二话没说，马上去医院。海峡两岸吃货首次台北聚会竟然是齐刷刷奔向医院，这以后会不会给两岸关系造成阴影啊。

忍着疼痛奔走在台湾的街头时，我还丝毫没有因祸得福的预感，不过可能说"得福"是有点夸张了，只是接下来我享受到了耐心友好人性化的台湾医疗，一次就难忘。

这次吃得进医院，让我体验到了台湾的医疗系统是如此发达。那时候我只知道台湾小吃远近闻名，却不知台湾医疗水平也相当高。台湾医生的地位就更不必说了，几乎是台湾社会地位最高的职业，医生的收入也令人咂舌，月薪 40 万新台币太稀松平常，因此父母都希望自己的小孩将来上医学院做医生。

一进医院大门，我的疼痛一瞬间被眼前看到的各种新奇画面带来的震撼替代了。我不敢确定这是我们要来的医院，这是医院么？这里有小吃店，有按摩店，有美容院，唯独没有穿着白大褂走来走去的医生。我竟然人生第一次有了想在医院多待一会儿的想法。

给我看病的是位年轻的女医生，她用嗲嗲的台湾腔询问完了我的病情，然后说："你酱紫真的不行噢，你是不是吃很多，是不是太好吃了……" 台湾腔是一种传染病，尤其是身处嗲声嗲气的台北医院时，我不由自主夸张着表情说道："是哦，我肚子好痛。" 这是一种短暂的台湾腔病，只要飞机盘旋在北京上空准备降落，这病就不治自愈了。

女医生温柔地看着我说："虽然不是大问题，但是需要马上解决，因为你现在很痛对不对？" 这温柔的反问让我无力抵抗，我顺从地点点头，心中充满感激。她说只要打一针就好了，打针的时候至少问了我四五次痛不痛，然后又安慰了七八次说很快就好不要怕，让我感觉她们好像等一个病人很久了，终于赶上了一个。

旅行中进了医院真是特殊又极致的体验，要是赶上了大家不妨都尝试一下，不过我就不推荐了，毕竟安全健康才最重要。

我的台北吃货历险记，以打针 5 分钟后奇迹般恢复的无敌状态告终，两个小时后，我就又战斗在台北夜市第一线大吃百元快炒大喝冰镇台啤了。吃货嘛，就得有这种坚韧不拔的毅力才成，2009 年我被 "有关部门" 选为 "感动中国年度最佳吃货"。

肉身进入了电影里

美国 | 洛杉矶

抛开去探寻历史与艺术的足迹、拥抱大自然、看看这个世界以及发现真正的自我，旅行最重要的就是俩字：好玩。只要是好玩的旅程，再远、再累、再贵、再千辛万苦，也都是值得的。不用非得登上中世纪的古堡，也不用亲眼目睹令人叹为观止的自然景观，只要畅快淋漓地玩了一趟，身心愉悦，就是最棒的旅程。

如果从“好玩”出发，那我举双手双脚赞成把这一票投给洛杉矶的环球影城，那是我人生中去过的最好玩的地方，目前是，我想未来也还是，不断刷新这个好玩度的，只有环球影城的新项目而已。去过环球影城后，感觉其他的游乐园都“弱爆”了。

“好玩”到这种程度，是有几个标准的。首先是只要一提起就滔滔不绝逢人便夸；然后是玩一遍绝对不够，要两遍三遍四五六七遍；还有就是每次都要玩到体力透支，这点很重要，这么卖力，一定是玩的时候全身心投入，肾上腺素爆表；最后是，全过程愉快，从头笑到尾，想起来都是开心的。环球影城全部做到了。

环球影城是我每次到洛杉矶必去的地方，不管时间多么紧张，也要花至少 5 个小时在这里。因为这种“好玩”能延续到回去后的好几个月里，每次想起来都能傻乐上半天，仿佛人还在过山车上。我是很害怕过山车这种东西的，但是进了环球影城，全程无压力，这里的过山车其实都是声光电各种混合效果制造出来的刺激和享受，不会给身体造成任何不适，所以光是变形金刚 3D 过山车，迄今为止我就坐了 8 遍，这个数字还会逐年上升。而且，我很想对我爱的人说：“等我们老了，还一起坐变形金刚过山车，好不好？”老了还能在一起像年轻时候一样玩，是我的梦想。

我很期待当我变成一个老太太的时候，还能大老远来到洛杉矶，和老伴一起大玩 3D 过山车，那本身就是一件相当好玩儿的事儿。不过到那时，恐怕《变形金刚》大电影都拍到第 20 部了，擎天柱的重重孙子都诞生了。

如今我对环球影城真是轻车熟路，可以算半个园内导游了，完全不用看园区地图，就能顺利找到任何游戏项目的位置。每次来环球影城，我都是早早赶来，一开园就冲向变形金刚 3D 过山车，连玩两遍还不够。为了这个项目，我通常要多花钱在游乐园门口购买优先入场票 Front of Line。因为如果是在旺季来，恐怕真的需要排上很长时间才能再玩第二遍。如果是人多的暑期去玩，多花点钱是很有必要的，毕竟持有这张卡，任何项目都有一次免排队入场的机会，所有演出为你预留座位。如果还有闲钱，可以购买更贵的 VIP 票，这个就更爽了，不仅所有项目玩多少次都不用排队，还可以探访屡获殊荣的后期音效部门和绝对让人眼花缭乱的道具仓库。

在环球影城，每个游戏项目的好玩都是因为它让你从一个普通的观众变成了故事的一部分，在变形金刚 3D 过山车里，你就会真的置身于威震天、擎天柱、大黄蜂和 EVAC 汽车人之间的殊死决战。那个感觉就是从我们在电影院看电影《变形金刚》，一下子无敌升级到我们和擎天柱一起演《变形金刚》了！不是震撼，是完完全全的“震惊 + 爽翻了 + 吓尿了”。如果这还不算好玩，那我真不知道什么才算是了。

登上观光车来一趟环球影城的 Studio Tour，是又刺激又安全的旅程，反正你全程坐在车上，就和在电影院看恐怖片一样，有惊无险，再说光天化日之下的，还有同车的游客壮胆。

不过多少还是要有点思想准备：这是多灾多难的 tour。先是在宁静的小镇遇到大暴雨，引发山洪，洪水迎面而来。不过 3 分钟后，工作人员就会以好莱坞的效率把这里恢复成你第一眼看到的那个宁静小镇，山洪就可以随时再来一遍。看的时候，真心疼那个小镇，什么小镇禁得起每天反复暴发山洪几十次啊。

山洪只是小试牛刀，紧接着就是纽约的 8 级地震，你会眼睁睁看着地铁翻倒，水管爆裂瞬间大水就冲了龙王庙，油罐车还特别添乱地在此刻爆炸了，大火球滚动着向我们扑过来。心理素质差点儿的可能心脏病就要犯了。导演一声“Cut”，这一切就停止了。5 分钟后依然恢复原状，8 级地震可以随时卷土重来。尝试一次大难临头却无能为力的滋味，也实属不易。

这边惊魂未定，大白鲨又来了。明知道它是可怕的道具，却会生出几分假冒伪劣的勇气，比如有不少游客把脑袋伸到大白鲨嘴里去拍照，这个画面太作，死我不敢要。

接下来还要经过九死一生，一路坎坷。先是一架波音 777 生生在你眼前坠落，引擎重重砸在居民的房子上，机舱部分还顿时裂成两半。然后就遭到举着尖刀的杀人狂一路追赶，这演员也太敬业，一直追着我们的车跑了 100 多米还没有要回去的意思，最后几米我都恍惚觉得他来真的了……还有比辨别不清真假杀人狂更好玩的吗？

洛杉矶的环球影城，是全球唯一的一个还在投入拍摄的基地，这些供游客游玩的场景，还在随时进行着电影电视剧的拍摄。园内和迪士尼游乐园一样，会有很多电影中的人物出现，我的一个小伙伴为了跟假梦露合影，竟然绕了园子两圈。要我说，这等事情就不劳烦您大老远来洛杉矶了，去杜莎夫人蜡像馆不就一站解决了吗？

这里的好玩，也源于完完全全的放松。这里不是卢浮宫，不懂油画不懂雕塑也不影响你的好兴致，这里没有你看不懂的。即便你不是电影迷，没看过那些电影，不知道那个场景，也一样能尽兴，你根本不需要知道这是什么电影，因为你，正在电影中。

如果是超级电影迷，那一定要去环球影城的道具库走一趟，这里收集保存着服装、模型、餐具、书籍、武器，从现实世界到魔幻空间等各种电影中的道具，超过 45 万件，剧组的人员只需要像在超市买东西一样，把需要的道具一样一样装进购物车，然后再到类似收款台的地方扫条码就成了。真想在这里逛上一整天，细细寻找熟悉的电影中的道具。

去过环球影城的人，很少有不喜欢的。一去再去如我的，也并不在少数。就因为好玩，才这么任性。

去啥天堂，去马尔代夫就好

马尔代夫 | 可可拉岛等

不知道从什么时候开始，大家都开始晒去马尔代夫的照片了，没去过的也把它设定为自己的梦想之地，说它是人间天堂，一生至少要去一次。在他们的照片里，真的就是——“马尔代夫啊，那里蓝天白云，椰林树影，水清沙白，是坐落于印度洋的世外桃源”。

在大家争相前往马尔代夫的时候，我却还没去过。每当被问起，我如实回答后，别人会用非常怀疑的语气说：“什么？你没去过马尔代夫？！”言下之意是，你连马尔代夫都没去过，你不配当旅游节目主持人。

好吧，我那么敬业，为了做一个合格的旅游节目主持人我豁出去了，我必须去马尔代夫，而且我一去就是三个岛。

如果真的去旅行，大可不必像我这么拼，一次去一个岛，或者待上十天去两个岛，就是非常完美的计划了。马尔代夫大大小小上千个岛，开发成度假村的也有百来个了，论自然风光每个岛都很美，区别只是酒店的设施，何况换酒店起码要耽误三四个小时，有那时间还不如用来躺在沙滩上发呆。

马尔代夫是一店一岛的一站式服务，按理说，只要你买了机票订好酒店其他就什么都不用操心了，不用考虑城市之间的行程，也不用考虑交通工具，看起来是个懒人出行的好办法，但实际上这麻烦就出在选岛上。

我周围的朋友有因为选岛就花了大半年时间的，一个一个查，再一个一个筛选，还有两口子没出门就因为选岛掐起来的。因为工作的关系，我省去了选岛这一个最麻烦的环节，真是一件幸事。

我去的三个岛是可可拉岛、安娜塔拉岛、芙花芬岛，按照分级，前两个都是超五星岛屿，芙花芬岛则是七星的顶级岛屿。

在马尔代夫，通常不允许房屋修建得高过椰树，因此连两层楼的房屋都很少见到。马尔代夫的基本房型就是水上屋、沙滩屋、花园别墅。幸运的是，我这一次就尝试了三种，这不得不说是外景节目主持人的福利了。

首先到达的是可可拉岛的水上屋。这里的水上屋比我在照片中看到的都更有特色一些，因为它是用马尔代夫特有的多尼船建成的，是个用椰子壳围起来的茅草顶大船屋。而且我住的还是上下两层的 loft villa，看到阁楼上宽大舒适的床，我忍不住扑上去，舟车劳顿一扫光。每天早上起来，拉开卧室的窗帘，站在二楼眺望印度洋，幸福溢于言表。

遗憾的是可可拉岛太小了，虽然马尔代夫的每个岛屿都不大，但是像可可拉这样 10 分钟就能走一个遍的小岛也并不太多。正因为它小，来的游客较少，私密性非常高，

所以是个非常适合情侣的岛。况且它还有一个马尔代夫并不多见的拖尾沙滩，退潮的时候，整个白沙滩会露出狭长的、像拖尾一样的天路，如摩西分海。黄昏的时候，正赶上一对新人在这里举办婚礼，新娘的裙子被海风拂撩，有海鸟观礼，有白沙为证，看看也醉了，这比在酒店里摆上10 桌又敬烟又敬酒的套路不知道要浪漫多少倍。典礼很快就结束了，我借着喜气，走在白白细细的沙子上，想象着有一天能和心爱的人手拉着手在这里散步、轻声细语，这种浪漫让我笑出了声儿，我真是很容易满足。

在可可拉岛，最难忘的是那一顿海滩野餐。海浪就在眼前不到一米的地方，侍者把一道道菜端上来，摆在我的面前，简直就是公主般的待遇，没有公主病也得拿着点儿公主范儿。真遗憾这顿大餐只是我一人享用。

几天后，我又来到了安娜塔拉岛。安娜塔拉包括三个岛，其中两个是供游人居住的姐妹岛，还有一个是工作人员居住的。岛上的服务人员都穿着白色的衣服，像天使一样，时刻提醒我这可是个天堂一样的地方。

在安娜塔拉我住的是掩映在花丛中的一间沙滩屋。房屋面向沙滩，有高大的棕榈树遮挡，后面则是一个巨大的露天浴室，可以面对着日月星河更衣，听着鸟叫刷牙洗脸，在一片蛐蛐声中泡澡。这哪儿是我拥抱大自然，明明是它主动拥抱我。

安娜塔拉岛上的小朋友明显要比可可拉岛多多了，可能是因为这里的房间大，而且有各种丰富的水上活动和休闲活动。小朋友们只要见到沙子见到水就瞬间变乖了，挖一个沙坑就能玩到太阳落山，不少孩子的爸爸也简直玩疯了。

碧海蓝天间，每天都有红色的水上飞机起飞降落，乘客可以在空中俯瞰大海深深浅浅的蓝色，顺便拍几张得意的照片。尽管早就觊觎这水上飞机，但是在最后一刻，我选择了更能与天空亲近的方式——滑翔伞。不用坐在机舱里透过舷窗看了，直接在天空中飞，感觉自己就像一只鸟，每一片羽毛上都闪耀着自由的光辉。

从空中回到地面，心情太过激动，必须找一个接地气的方式过渡一下。安娜塔拉岛上的泰餐学习班不错，我准备去试试看。走进舒适宽敞的泰式厨房时，发现服务人员已经贴心地准备好了各种材料，只要跟着大厨按部就班地装装样子就可以了。成品竟然是非常地道的一整套泰餐：沙拉、椰奶鸡汤、绿咖喱虾、芒果米饭。只可惜我这么贤惠没有人知道啊！

在马尔代夫，即使每一天都是生命的最后一天，都不会感到遗憾。分不清时间更是家常便饭，在这里没有时间的概念。但是在我的编导看来就不是这么回事了，我们一次要走别人三次的行程，一次要体验别人整个假期的玩法，对摄制组来说，我在空中滑翔的时间、做泰餐的时间、沙滩漫步的时间、浮潜的时间、一餐一觉的时间，都宝贵极了。每天我完成工作之时，正是他们工作开始的时候。所以通常别人看到的美美的画面，幕后都是一阵手忙脚乱，是一群人的彻夜不眠。这是我的工作，也是我的生活。

最后一站，是顶级的芙花芬岛。虽然去过了迪拜，体验了各种让人心跳目眩的顶级奢华，但是陆地上的奢华完全比不上水上的享受，在这里感觉时间都静止了，这种让时间停下来的享受才是人世间最奢华的事。

在芙花芬岛这样的顶级岛，什么浮潜啊、飞机啊、沙滩排球啊，全都可以忽略不计，每天睡到自然醒，然后翻身下床，竟然可以像鱼一样从自己的房间直接游出去，那是什么感觉啊，爽得简直要“爆粗口”了。幸亏是最后一站，递进式的享受让我惊喜连连，这要是倒过来就让人有点接受不了了，不是说别的地方不好，只是人都是这样的，谁天天吃了米其林星级料理还要去菜市场买馅儿饼啊，要是非说就好那一口就是抬杠了。

芙花芬岛还有全马尔代夫唯一的水下 SPA 馆，一边按摩一边看成群的小鱼匆匆游过，时不时还可以跟正在潜水的哥们儿打个招呼。

因此我的建议便是，别为选岛发愁了，有那个时间早一天开始享受你的旅程吧，在你能力范围内，选一个最舒适的岛，就这么简单。去吧！只要你到了，那就是你的天堂。

THERE ARE MANY
POSSIBILITIES IN LIFE

2

LINZI DALE

人生的多种可能性

是我的好奇心，驱使我在生活中、工作中，不断地去尝试未知的东西，不假思索地就在陌生的地方亲身尝试他们的生活方式。但是我的鲁莽带给我的欢乐远远多于危险，所以我没想过要改掉这个毛病。

如何打碎偶像包袱

阿尔及利亚 | 阿尔及尔

小时候拥有第一台录音机的时候，我兴奋地马上录了几句，然后迫不及待地放出来听。我第一次发现，怎么自己说话是这样的声音呢，和平常自己听到的不一样啊。可是去求证的时候，爸爸妈妈和同学都说这就是我的声音。那时候，我还不懂空气振动和骨骼振动的道理，我只是很好奇怎么别人听到的，和我自己听到的完全不同。

当我成为了一名主持人，出现在电视里的时候，我的这种好奇心又复发了，因为似乎在别人眼里看到的我，和我自己从电视里看到的我，也是完全不同的。在别人眼里我个性率真，而每次我自己看那些他们提到的率真画面时，都汗颜得无地自容，不知道为什么我就是无法把自己和别人赞美我的词汇联系在一起。

我很少看自己的节目，看一次就受一次打击。电视里的我，吃饭从来都捧着大碗，大口吃，大声笑，让下水就下水，让爬树就爬树。我也是个有着玻璃心公主梦的“菇凉”啊，散播我这种大喇喇的形象，我这么个待嫁女（当时）得付出多大代价啊。我自己什么样我自然是知道，可是谁不希望别人眼里的自己完美无缺得如天仙下凡呢？可我也知道，这是没办法的事，我的这些举动，都是性格使然，面对镜头，我没法随时调节自己的状态——让笑容更优雅点，动作更优美点，声音更轻柔点儿。大点儿声说话又不费电，那么轻柔做什么呢？

所以我现在就不看自己的节目了，省得看过之后悔恨。

而最让我后悔的荧幕形象，当属我在阿尔及利亚当小贩的那一次。在阿尔及利亚这样的半干旱国家，椰枣是仅次于水的生命之源。听说在经济不景气的日子，椰枣挽救了很多人的生命，那时候可是“吃饭靠上树”的。在那里，至今还有很多人靠种植椰枣为生。那一次，我们先到了阿尔及利亚南部最大的一片椰枣林。

虽然都是枣，可椰枣完全不是我吃过的那种北方枣树上摘来的枣，跟椰枣一比，我吃过的那都不算枣啊。这椰枣树每棵都高大挺拔，站在树下仰望树冠，那就是一把大伞啊，看着好眼熟，完全就是椰子树的样子。原来是我搞混了，椰枣不是“枣字辈”的，其实是“椰字辈”的。不是枣树的姐姐，倒是椰子树的妹妹。

所以椰枣不是跟我们北方枣一样一个一个结在树上，而是一大串一大串的，看起来就像红辣椒。而且椰枣的个儿头也真是不小，怪不得几个椰枣就能当一顿饭吃了。我试着用它配着咖啡吃，竟然也别有一番滋味呢。

在最大的椰枣林里，80 多岁、100 多岁的椰枣树随处可见，掉落在地上的大大小小的椰枣随处可捡。

临走时，椰枣林的主人——腼腆的阿卜杜拉非要爬上树摘些椰枣让我们带走，盛情难却，就依了他。阿卜杜拉熟练地爬上一棵高大的椰枣树，然后半天不见动静，我在树下等得无聊，在无良同事的教唆下，我也开始爬树。他爬大的，我爬小的，我穿着个大花裙子，二话不说就上去了。等到看节目成片的时候，我发现自己爬树的动作跟傻丫头似的，身子一拱一拱的，还大大咧咧地说"哎，它不会断了吧，它不会断了吧"，然后我站在树顶，粗着嗓子用新长征突击手的语调说"我爬上来了！"，更可笑的是，我爬上去后完全不知道该怎么再爬下来了。怎么剪辑的时候编导不知道把这段好好处理一下呢？自己眼中的形象总是比别人眼里的丑上好几倍，就像别人给你拍的照片永远是展现你最丑的一面。我也只能忍了。

从椰枣林出发，我们奔赴阿卜杜拉推荐的安娜拉市场，他说他的椰枣大部分都是在那里出售的。

进了市场才知道，在这里出售的椰枣竟然有75种之多。我就像刘姥姥进了大观园，看看这种，尝尝那种，不亦乐乎。跟各位摊主们也是越聊越开心，问到收入时，摊主羞涩地表示，不是很有钱也就一般般有钱啦，我突然觉得我也可以在这里开个摊儿做个椰枣生意啊。言必行行必果的小宇宙爆发了，都来不及征得人家摊主的同意，我就哧溜一下从摊位外钻进了摊位里。

我的大胆行为把摊主吓了一跳，不过很快他就教我做起生意来。我学着他的样子拎起一大袋子椰枣，开始叫卖。听了几遍，可我实在学不会他们的语言，索性就用我的“林氏叫卖法”吧。

我后来在节目中看到的画面就是：在整个市场中央，一个来自亚洲大国的女主持人，扯着脖子用全市场只有她自己听得懂的中文大喊“椰枣啊椰枣啊四十四一斤！”还搭错线一样地喊道“这是中国最好的椰枣啊！”。被她这么一喊，一秒钟就变中国的了，真是爱国又会过日子。这个女的还嘻嘻哈哈笑着，用二线城市小商店里大甩卖时录音机里循环播放的叫卖法，那俗不可耐的“走过路过不要错过”竟然响彻阿尔及利亚最著名的椰枣大市场。这个女的，竟然是我！我这么二，我家里人知道吗？我未来的夫君知道吗？

我“自嗨”地大声吆喝，让全市场都关注了我们这个摊位，好多摊主、顾客都围过来点赞。其实他们并不觉得我是在卖东西，他们觉得我只是在表演，有人还掏出手机拍照。

可咱不是那样的人啊，要做生意就好好做，绝不是“样子货面子事儿”。我倔强地坚持必须卖出去一包才走，我不厌其烦地换着花样吆喝，喊得都想含片金嗓子喉宝了。可还是雷声大雨点小，围了好几层看热闹的，没有一个人真的要买。我使尽浑身解数，把椰枣举到他们面前，希望他们购买，他们都是笑着摆摆手，走开了。这椰枣不是你们的生命之源么，怎么这么不当回事儿啊？

我出师不利，有点沮丧，和善的摊主于是教我怎么在灯光下识别椰枣的好坏，然后也一起帮我叫卖起来。我表情夸张，叫卖也更加卖力，终于，迎来了我这份生意的第一位顾客。我喜悦的尖叫让整个市场都欢腾了，周围的摊主也鼓掌祝贺我。我把第一份生意的收入郑重地交到了摊主的手上。

离开市场后，导游才告诉我，刚才那个顾客，其实是另外一位摊主，人家自己摊位上多的是椰枣，怕我卖不出去难过，才特意跑来花钱买了一包。这阿尔及利亚人民怎么这么善良可爱。不过回去看过这期节目后，我又有了另外一个推测，可能是这位阿尔及利亚同志实在看不下去我声嘶力竭叫卖的样子，想花钱买个清净。

一海洋，一世界

美国 | 圣地亚哥

全世界很多地方都被叫作“海洋世界”，中文里同样是这四个字，差别可是大了去了。北京动物园里的只敢叫海洋馆，香港那个叫 Ocean Park，只有圣地亚哥的海洋公园才能称得上是 Sea World，你看看，这就是 world 和 park 的距离啊。这么比起来，我们家不远处的某个可以看到不少海洋生物的地方，最多也就叫超级大鱼缸。

圣地亚哥是个太适合度假的地方，一想起都禁不住要唱出来，阳光、沙滩、海浪、仙人掌，还有一个 Sea World。海洋公园也好，海洋世界也罢，反正是个好玩、有趣还免不了湿身的地方。

其实 Sea World 跟香港的海洋公园差不多大小，但是表演的精彩程度可是更上了好几层楼，其中最为全世界拍手叫好的就是 Shamu Show（虎鲸秀）。

这也是我第一次去海洋世界时第一个选择的项目，因为它太有名，而且全世界也只有在这里才能看到。这俗称杀人鲸的大家伙，身长 10 米，体重 9 吨，它拍拍尾巴就能让表演馆里前 14 排的观众浑身湿透，但是争先恐后抢着湿身的游客每场都有，毕竟有很多人是买了一张机票专门来圣地亚哥看虎鲸的，能离它多近就离多近。况且它虽然外号叫杀人鲸，但其实它并不猎杀人类。

表演的场地也非常炫酷，四块 LED 大屏幕能够任意旋转，配合表演。Sea World 一共有 6 条虎鲸，它们在训练员的精心训练下，竟然能冲到前排的表演台上，摇着尾巴耍帅。全场大人小孩都要开心死了，谁说只有小动物才可爱，这长着一副熊猫脸的虎鲸要卖起萌来也是迷倒一片，外加湿倒一片。下次再去的时候，一定用花言巧语骗个小伙伴坐第一排，看看他落汤鸡的样子应该挺过瘾的哈。

惊叹这个表演的同时，就一定会对训练过程产生好奇。训练虎鲸可不是一般人干得了的工作，你要有丰富的其他动物的训练经验，要系统学习过动物心理学，要有各种高级潜水证，考过英语专业八级，在蓝翔学过挖掘机……嘿嘿，听我的，要训练这海上霸王，多掌握点儿技能肯定没错儿。

不过，这训练的绝招就不能说了，在美国那也是绝密等级的。好吧，我不打听了，那让我看看这些大家伙每天都吃什么好不好？

在资深训练师John的带领下，我潜入了虎鲸的大厨房。John 拿出个大桶，里面满满的碎冰，他随手攥成个大冰球，这就是虎鲸最爱吃的冷饮了，相当于我们吃的冰棍儿。还有大桶大桶的天然果冻，整条整条的三文鱼……要知道虎鲸并没有味蕾，它们吃东西并不在乎味道，只要有饱腹感就非常满足开心了。所以，那三文鱼还不如给我吃。

这些冰球啊、果冻啊、三文鱼啊，堆了好几大柜子，可这才哪儿到哪儿，这只是它们的零食，每天还得给 6 条虎鲸准备 500 千克鲜鱼，虽然数学不好，我也掐指算了算，这虎鲸们一个月的食量就要将近 10 吨。John 说小意思了，虎鲸吃个 10 条海豚都跟玩儿似的。那它可是动物界的大胃王了，跟人类里的史林子差不多吧。

据说虎鲸非常难训练，脾气大着呢，动不动就生气了，拍拍尾巴，留下身后一水池的惊涛骇浪。不过训练师 John 看起来超级有耐心，他从来不强迫虎鲸去表演，他说虎鲸也都有自己的性格，它们生气了，就随它们，等开心了再一起表演。在这里，虎鲸们应该过着很快乐的生活吧，工作人员都把它们当作家人一样地平等对待，尊重它们的天性、个性，包容它们的坏脾气。饿了吃饭，病了打针，每条健康的虎鲸背后都有几十个工作人员的辛勤工作。

训练虎鲸也是冒着风险的，它们其实把训练师当成了自己的玩伴，发脾气的时候要是扯着训练师不放，那真的也是蛮无奈的，只能拼命安抚，别无它法。可是 John 的一句“这一切都是值得的”就让世界变得阳光灿烂了，他真心爱这些虎鲸。这些精彩的表演，不是来自多么神秘严苛的训练，而是来自人类对动物最真诚的尊重。这就值得你从世界上任何地方买张机票过来看一场。

John 说，当他 5 岁时第一次看到虎鲸，就知道自己以后要做什么了。要说这美国小孩真是又早熟又理智，我能分享的 5 岁的故事就只有上树抓鸟下地追狗了。

在 John 的帮助下，我也和小虎鲸卡利亚交起了朋友。它跟随着我的指挥，发出吱吱呀呀的叫声。那一刻好有成就感！正当我得意洋洋地四处炫耀时，小虎鲸竟然冲我做了个鬼脸。闺密你别这样好吗？你这么萌还像个海上霸王的样子吗？

无论是虎鲸秀，还是海狮秀，或者普通家庭宠物秀，海洋世界的每个表演都给人与其他地方不同的感觉，小朋友们为动物们可爱笨拙的动作使劲鼓掌，大人们也会被风趣的表演逗笑，还有从天而降的动物角色给表演时时带来惊喜。这里的表演，动物不是绝对的主角，人和动物都表演得相当投入，呈现出来的是人和动物的和谐与欢乐。

只看表演，你就能得出“这是在美国”的结论，这个表演太“美国”了，绝不可能出现在德国、日本或是中国香港，动物和训练它们的美国人一样，有着乐天的秉性，自嘲搞笑是它们的拿手好戏。

想不到，训练师们的演技竟然这么专业。很多表演载歌载舞，还有夸张的肢体语言，他们不仅表演到位，还随时掌控着自己的动物演员。他们每天穿着湿漉漉的衣服和海豚、海狮一起排练，脸上永远都带着迷人的笑容——真的很迷人，是那种真的开心、看到的人也会受到感染的笑容。

走在海洋世界里，要适应一件事情，那就是这里会有工作人员像我们在自家楼下遛狗一样地遛蜥蜴、遛海龟。巨蜥的身上套着狗绳一样的带子，由训练师牵着在园中散步，小朋友看见无不欢腾，争着过来摸它抱它。

可以和很多动物互动，是小朋友们在海洋世界里最开心的事情吧，大人们把亲近小动物的机会都让给小朋友，自己则远远地看着。在这里，无论家长还是工作人员，都鼓励小朋友不用害怕动物，可以和它们交流，和它们做朋友。孩子的世界真的很单纯，他们没有一个人像我这么害怕和从没见过的动物接触。他们的眼里都是对这个世界的好奇，对动物的友好。只有我们这些被世俗蒙蔽了双眼的成人，才会用自己心里的标准判断动物。

在海洋世界里，还有一个美国人民都熟悉的动物医院，工作人员会救助送到这里的各种野生动物，帮助它们取出身体里的子弹、鱼钩，治愈它们的伤口，然后，它们就可以放心地出院，重新回到它们喜爱的大自然去。他们对动物的救助和保护，已经被美国大众熟知了，很多人一看到受伤或者需要帮助的动物，就会马上打电话给他们。

海洋世界里，看到的不仅是海洋动物们精彩的表演，还有那种人与动物平等相处的愉悦，和世俗的人类相比，动物竟然可爱很多。

豪华邮轮上最性感的男人

加勒比海 | 皇家加勒比邮轮

邮轮是种很特殊的交通工具，乘坐它本身就是一趟旅行。当你踏上邮轮的那一刻，旅行立即启动了，不需要飞行十几个小时，然后出海关、取行李、去酒店、入住，这个方式其实更适合家庭游或者上了点年纪的人。不过作为旅行上瘾者，尝试各种旅行方式根本不能说是我的选择，简直就是我的义务。

况且，自从看过《泰坦尼克号》，我的心中就有了一个邮轮梦。在我想象中，邮轮就是个漂在海上的狂欢大城堡，吃喝玩乐样样俱全。旅行在船上开始，在船上进行，然后在船上告别，是一个难得的体验，爱旅行的人都应该至少试一次邮轮行，如果不晕船的话。

其实像皇家加勒比这样的邮轮公司，每艘船都是十几吨的大家伙，它们在海上航行相当平稳。我乘坐的是皇家加勒比的海洋水手号，从得克萨斯州出发，途经大开曼，转舵牙买加。海洋水手号有 13.8 万吨重，15 层高，比泰坦尼克号大 3 倍。船上的船员来自 70 多个国家，相当于一个小联合国了。

船上有餐厅酒吧夜总会，泳池篮球高尔夫，还有全球最大的海上免税店。也就是说，除了没有自然风景，一切娱乐设施都有了，旅行不能太挑剔，跟吃饭似的，各种滋味的都要尝尝。再说了，大邮轮不是正航行在加勒比海这个最美丽的自然景观中吗？邮轮本身已经是风景的一部分了，不识邮轮真面目，只缘身在邮轮中。

在邮轮上，旅行的范围扩大了，路程本身也成为了旅行的一部分，应该算是赚到了。而且只要愿意，24 小时都可以尽情地玩，反正也不用担心第二天赶不上飞机火车。要这么说的话，邮轮还真是懒人们的好选择，坐过邮轮后，我经常会向我那些拖家带口没有时间为旅行做周密计划的朋友推荐邮轮游。带上孩子登船就成了，其他的，邮轮都为你准备好了。

在海洋水手号上，每天有各种狂欢派对轮番上演，以防多日海上航行令人感觉枯燥无聊。其中最受全船女士们欢迎、令她们无比欢乐的就是“性感男人大赛”。

早上起床时，我在当天的 compass（每日指南）上已经看到了这个项目，但是搞不懂是个什么比赛。中午在 11 层的帆船餐厅吃饭时看到外面人头攒动，热闹程度达到了几天来火爆的顶点。再一看，餐厅里已经几乎没有女顾客了。服务员奇怪地望着我：“你不去吗？”

这时候我才想起来“性感男人大赛”这个事，船上难得的女性福利，不享受一下怎么成？我兴冲冲地拿了帽子就跑出去了。

甲板上已经挤满了人，上上下下好多层，简直比看奥

运会开幕式的人还多。女观众占了大多数，个个比基尼或者沙滩装，一时我搞不清这即将开始的是性感男人比赛还是性感女人比赛。

冲进人群后发现已经没什么好位子了，正发愁呢，天助我也，主持人在一群欧美面孔中，轻而易举地发现了我这个亚洲面孔，于是“来自北京的 Gabby 同学”有幸被选为此次加勒比“性感男人大赛”的评委。我高兴得就跟和刘欢、那英一起被选中做“中国好声音”的评委似的，喜从天降啊。

据说“性感男人大赛”是邮轮上最有趣并广受游客好评的年度最佳活动，拥到11层甲板的各位男士已经开始报名了，看起来还真踊跃。报名是没有任何条件限制的，只要你是男的就OK。赤裸上身的猛男、露着白花花啤酒肚的大叔、还在发育中的“童子鸡”统统要上场了。

在加勒比的炽烈阳光下，女观众们已经提前high起来了，欢呼声一阵高过一阵。作为评委还有一项特权，就是我们可以触碰参赛选手身体的任何部位，请注意是“任何”，这一词可老深刻了。不过我们都是有职业操守的，并且我是有东方审美的。

评委一共4位，来自不同国家。因为游客们大部分是全家一起来的，所以其他几位看起来都是孩子的妈妈，就叫她们大姐吧。我跟三位大姐分别选了舒服的躺椅躺下，准备好好欣赏接下来的表演。

比赛要分3轮进行。第一轮是才艺表演，选手们要用舞蹈来展现一番自己的身体。我想着，他们应该就是比划比划吧，可是老外们真的很认真，又太具有娱乐精神，在女士们的欢呼声中，自信也犹如黑洞一般。

第一位选手登场了，竟然是50来岁的大叔。大叔还真是个练家子，钢管舞、肚皮舞、迪斯科，没他不会的。再加上超级自信的神态，自然是赢得全场一片喝彩。后

面的选手更是无所不用其极，脱衣服的、扭屁股的、躺地上打滚儿的，我快要笑死了，这是什么比赛啊，这是选性感男人还是选世间奇葩啊？

残酷的第一轮淘汰开始了，我狠心淘汰了一位皮肤苍白的美国书生，他无辜的表情好夸张。不过这些男人其实完全不在乎输赢，他们只是非常入戏，演的尽兴，看的也是。

第二轮是考验幽默感，每个人要用一种动物来形容自己，言语间要表现出

自己的性感和幽默。有人说自己是鹰，有人说是狮子，有人竟然说自己是地鼠，说完还做出一个魅惑的姿态，那意味深长的眼神好像在说“你懂的”。看来幽默感在他们看来是性感男人的必备。

八进五的第二轮结束后，就是决赛时刻了。五位男士要只穿短袖短裤，真正来一轮肌肉秀。现场的女观众已经尖叫不止了，“腐女”们似乎就要瘫软在甲板上了。

进入决赛的5位，身材都还算不错，

有人表演了有技术含量的单手俯卧撑，有人则表演了自以为很厉害其实有点搞笑的中国功夫，还有一位表演了不知道是从哪儿学来的蛇形拳。5分钟后，比赛就见分晓了。

我和三位大姐商量了一下，我们把第一名给了第一个上场的大叔。大叔说简直太意外了，他已经是两个孩子的爸爸了，这次加勒比之旅是孩子们的毕业之旅。他还说他太开心了，回家后就可以向邻居炫耀他是加勒比海上最性感的男人了。想得还真远呢。

邮轮上的狂欢每天都在进行。在这个半封闭的大船上，游客们倒是谁都不拘束，勇敢地尝试，热情地分享，有什么可害羞的呢，大家一起笑过了，就是最美好的经历。旅行中获得的乐趣其实完全取决于自己的心态，无论你到了哪里，只要好好享受，就会得到乐趣。

我们的广场舞，别人的弗拉明戈

西班牙 | 塞尔利亚

天生没有舞蹈细胞，平衡力极差，走快了脚底下拌蒜，上班后还隔三差五会摔个大马趴，这就是我。这样的人是不可能爱上舞蹈的，舞蹈也不会选择我。我一直觉得舞蹈细胞这种东西必定是天生的，去过很多国家，那里人人都会跳舞，斯里兰卡、土耳其、阿根廷，西班牙就更甭提了，个个都是大师级的。如果这种细胞是天生的，那必定有天生缺失的，可人家又是人人都会跳，这只能说明我顶多能跳一个完整的《丢手绢》是后天造成的了。

我周围除了跳广场舞的大妈、偶尔练练肚皮舞强身健体的好友，再也没有和舞蹈相关的人了，在我的社交圈里会跳舞绝对是少数派的特长，而非生活必须。

如果只是在自己生活的那方圆几里地也就罢了，偏偏我因工作关系要经常去那些人们舞蹈细胞特别发达的地方，每逢此刻我就陷入一种尴尬的境地：跳吧，是真的不灵；不跳吧，又显得怯场、不合群，没法按照导演要求烘托气氛和人互动。好多次面对异国友人的热情邀请，我也只能放弃自我尊严，勉为其难地表现一番。其实，对于会做这件事的人，那叫表现或者展现，但是对于我，只能是现眼、献丑和不堪回首。

所以这次到了弗拉明戈之乡塞尔利亚后，我下决心在当地好好地学习一下。

我们住的地方就在塞尔利亚的弗拉明戈博物馆附近，那里一层是训练厅和小剧场，二层是博物馆，安排一场训练看来是很容易的事了。酒店里的房间都是以弗拉明戈大师的名字来命名的，可能酒店觉得这样比冰冷的数字容易记忆吧。可这不是为难我们吗？这名字我们一个也记不住，每次只能靠着记忆回去。累了一天了，想赶紧扑倒在自己的床上都这么费尽周折，弗拉明戈的文化真是一种较劲的文化。

在上课前，其实我连弗拉明戈和探戈都分不清楚，模模糊糊地感觉它们差不多。问了下其他伙伴，他们也都摇头。“你们连这都不知道吗，还做旅游节目？”他们瞪我几眼了事。同是舞蹈盲，相煎何太急？

在脑中，把已知的一些信息拼凑了一下，整理出一个有点模样的答案：弗拉明戈是西班牙的，探戈是阿根廷的；探戈必须是男女二人共舞，弗拉明戈舞蹈则是以女性为主，可以是独舞或群舞；而且弗拉明戈不仅是舞蹈，还必须伴有演唱和吉他弹奏。

捋顺以后，心里敞亮多了，感觉实现了舞蹈领域“零的突破”。

我们住的这条大街，是塞尔利亚最具有弗拉明戈风情的地方，街上的表演者很多，哪位都能随时跳上一段。吉他响起，甩动火焰一样的长裙，弗拉明戈就来了。

在博物馆里，我们见到了它的创始人，也就是在 1992 年巴塞罗那奥运会开幕式上跳弗拉明戈的克里斯蒂娜女士，她可是西班牙的国宝。单是在采访结束时，她给我们跳的那一段，就足以让我感受弗拉明戈的魅力了。因为现场无伴奏，克里斯蒂娜就只用手指和舞鞋踏地的声音打出非常强劲有力的节奏，那一小段仅有 30 秒的舞蹈征服了我们在场的所有人。大家惊呼，果然是舞蹈家！克里斯蒂娜在西班牙，就犹如杨丽萍在中国，都是舞蹈界的灵魂级人物。

她跳舞的时候，我特别注意了一下她的裙子，那如烈焰一般的长裙，是弗拉明戈舞蹈的标配，转圈的时候，整个人好像在燃烧。这条裙子对装备派的我是一种巨大的诱惑，无论学舞的成果如何，总该纪念一下我在异国他乡求学的这段日子，如果 30 分钟也算一段日子的话。我马上说服了自己，在街角的一家店里，买了一套弗拉明戈服装，大大的裙摆和可以发出清脆声音的舞鞋，让我很是满足。

但是穿上后就不是那么回事了，那个裙摆很难摆动，每次转动都要使出浑身的力气，舞鞋要发出在表演中听到的那种声音也需要使劲地跺地。只几分钟，我从一鼓作气，到再而衰，三而竭，最终全无力气，几近半身不遂。我甩掉舞鞋，脱下长裙，上床睡觉。

我这人就这点好，头一天的挫折，完全不影响我第二天的热情。第二天我轻装上阵，穿了轻便的休闲裙。博物馆里的工作人员告诉我，那种表演用的长裙，不是人人都可以摆动成火焰的，那火焰是需要不断地练习和控制才能瞬间爆发和绽放的。他说："那裙子太重了，不适合你。"

看，大叔都说不适合我，我不用穿了。

但是为了学习脚下的节奏，我还是穿上了舞鞋。开课了，十几个女孩，有游客有当地人，我有点分不清。老外虽然见了千千万，可还是觉得他们长得都一个模样。不过

我非常分得清哪个是会跳弗拉明戈的，她们有一种与生俱来的气质，长得端庄严肃。弗拉明戈绝不是一种轻松的舞蹈，它是痛苦的人跳的痛苦的舞蹈。所以这种舞，年轻姑娘是不可能跳好的，必须是有些年纪和经历，能理解和表现痛苦的人才成。所以……我还学吗？

脑子里一个小人儿马上说：少废话，必须学！

教跳舞的老师长得像我大姨，令我顿生距离感，因为从小我就怕大姨。“大姨”站在教室中间，表情凝重。我的同学们也都表情严肃，她们看起来都比我年长些，而且身材相当魁梧。弗拉明戈可能是唯一一个不合适纤细身材的舞蹈，这不是个要表现婀娜多姿身段的舞蹈，它需要充沛的体力，是个真正的力气活儿。

“大姨”在学员中走过，她看了看我的舞姿，然后给我亲自示范。她要我一定身体保持不动，尽量用手和脚的力量去表现自己的感情。“大姨”纠正我舞姿的每句话都说得掷地有声，尽管我听不懂，但是她丰富的肢体语言明确地表达了她的意思。舞蹈是超越语言的。

20 分钟下来，我的脚已经疼得不行了，深刻感到这个弗拉明戈不是学着玩玩的东西，是要用整个心灵去跳。跳弗拉明戈最重要的就是力量，要用身体语言最大限度展现出你的力量，还有愤怒，让它燃烧起来，是个掏心掏肺的舞蹈。这世界上还有哪个舞蹈这么真诚和真实?

“大姨”跳舞的时候，眼神之中充满了哀愁。我竟然也有点难过。这种舞蹈本身就是在特殊历史时期形成的，是西班牙苦难历史的记载。没有过经历也不懂历史的我，是永远跳不好这个舞了。

钓鱼的时候想什么想

斯里兰卡 | 加勒

渔夫、农民和猎人，是我认为最古老的三个职业。几千年以前的文学作品中就开始不断出现这三个角色，文学作品似乎特别偏爱渔夫，总是选他们当主角。《天方夜谭》里有机智地把魔鬼骗回瓶子重新丢进大海的渔夫，普希金的叙事诗《渔夫和金鱼》里有因为老伴儿的贪得无厌又变得一无所有的老渔夫，还有奥斯卡・王尔德的《渔夫和他的灵魂》里追求爱情的渔夫。

渔夫这个职业，伴随着大海、风吹、日晒，以及看老天爷脸色的收成，终归是太辛苦的职业。在故事里，他们辛苦劳作、不善言语，老实本分得一塌糊涂。所以在我二分法的世界里，渔夫，是好人。

曾经在一本《孤独星球》杂志上看到过一张高跷渔夫的照片，他们孤独的背影在夕阳的映衬下格外神秘，这群人引起了我的好奇心：有朝一日，我要到斯里兰卡去寻找这些神秘的高跷渔夫。

我的斯里兰卡之旅在印度洋的温暖季风里顺利展开，跟随茶农上山采茶，到矿山看宝石开采的过程，凌晨 4 点就爬起来去尼甘布渔市场看热闹的海鲜交易，这行程的密度比任何一次旅行都大得多，但最后我还是留了一天的时间，去寻找传说中的、也许正在消逝的高跷渔夫。

找高跷渔夫要到南部小镇加勒。我从科伦坡坐上火车，沿着印度洋，向着加勒（Galle）出发。没想到这段火车是坐对了，因为这正是不少人来斯里兰卡一定要坐的水上火车。就和《千与千寻》里的场景一模一样，水天一色的世界里，列车默默行驶在茫茫大海上，那感觉如入仙境，和在杳无人烟的大山里呼啸而过完全不是一个档次啊。火车行进在大海上时，乘客们都静静趴在车窗边向外张望，一言不发，只是欣赏着绝无仅有的独特风景，做着一切关于大海的梦，因为眼前的一切都太不真实。快到终点的时候，导演让我傻不愣登地对着窗外苍茫的印度洋做陶醉状地大喊“大海！”。我喊了，可是感觉大海好讨厌我，狠狠拍打了几下沙滩作为回应。导演，这笔账记到你的头上。

4小时后，我们抵达加勒（Galle）站。斯里兰卡人是最不吝啬微笑的，无论我们走到哪里，都有陌生人对我们莞尔一笑。小孩子更是天真热情，还会主动来拉你的手，他们不仅不会向你提要求，离开时可能还会在你手中塞一朵小花，然后羞涩地笑着跑开。这一阵温暖，足够我回想好些日子了。

信奉佛教的他们，虽然不能理解游客的喧嚣，但是他们包容这一切，也感激游客带来的生意。陌生人的一点点包容，也许能让一个人对整个世界都充满感激之情，再回到自己的生活中时，也会多点心平气和。

我向当地人打听哪里可以找到高跷渔夫，突突车司机问我们是要找真正的渔夫还是表演的渔夫。原来很多高跷渔夫已经慢慢开始做游客生意了，不再真的在海上垂钓，而是带着表演性质爬上去给游客拍照。他说表演渔夫随处可见，花 1000 卢布就能拍个够，但是真正的高跷渔夫很难找，这种传统的捕鱼方式越来越少见，要在当地人的带领下每个海边都探索一下才成。

时间不充裕，突突车司机似乎也不是很有把握。我千里来寻“夫”，自然是要找真正的渔夫，实在不成再找真正的表演渔夫。不管最终结果是什么，只要冠以“真正”二字方不算白来一趟。

坐上突突车，开始了我的千里寻“夫”路。我们连续走了四五个海滩，都只有空空的木桩。海滩格外宁静，只有海浪翻滚的声音。突突车司机说：“我预感到我们快要找到了。”借他吉言，几分钟后，在我们的下一个停靠点，木桩不再是光秃秃的了，有两位渔夫静坐在“高跷”之上，手持鱼竿，正等着鱼儿上钩。我竟不敢向前，还是人家渔民主动走过来，带着我走向大海。这是位 76 岁的老渔夫，在海里钓了一辈子鱼。另外一位渔夫叫丹迪，31 岁。可能是风吹日晒的缘故，把人的容貌雕刻成了一个模样，我觉得这俩人看起来年纪差不多，76 岁的看着矍铄硬朗，31 岁的苍老健壮，都是 50 岁的样子。

好不容易来了，我得踩上高跷试一把。但要稳稳地坐上去悠闲地垂钓可是个技术活。木桩因为长时间泡在水中，脚蹬和木杆都长满了青苔，很难爬上去。在两位渔夫和突突车司机的帮助下，我呼哧带喘地终于坐了上去。渔夫丹迪把他的鱼竿递给我。接过来才发现，这鱼线上连鱼饵都没有。他们钓鱼就单凭经验和感觉，不得不让人称奇。坐在这里钓鱼，不仅要有良好的平衡力，还要禁得住风吹日晒，小心海里的动物袭击，这的确是个太辛苦的工作。

渔夫丹迪说，高跷渔夫的目标其实是钓沙丁鱼，但是有时候一天也钓不到一条。想想我在尼甘布渔市场见到的刚钓上来的 16 斤重的石斑鱼也不过才卖人民币 200 块，这高跷渔夫一整天的收成估计也不够养家糊口。

只在木桩上坐了几分钟，我就快要受不了了。不知道爱好钓鱼的人觉得乐趣何在，一坐就是几个小时。望着毫无变化的水面，他们在想什么呢？渔夫丹迪说，钓鱼的时候什么也不想，不好的事情一件也想不起来，难道不是很快乐的事吗。

这句话竟然有点打动我。想起钱锺书先生说的，洗一个澡，看一朵花，吃一顿饭，假使你觉得快活，并非全因为澡洗得干净，花开得好，或者菜合你口味，主要因为你心上没有挂碍。

钓鱼的时候也大抵如此吧，不过我想这些并不富裕的高跷渔夫，只是迫于生计，在这海上顺便享受片刻的悠闲罢了。

渔夫丹迪要回家了，我得寸进尺地问他能不能一起去他家，他竟然同意了。因为耽误了他钓鱼，我特意到市场买了几条鱼带到他家。丹迪的家是个大家庭，他和侄子一家住在一起，他们听不懂我在说什么，却都对我报以善意的微笑。咖喱鱼做好了，全家都不好意思吃，你推我挡的，都盯着我一个人吃。

这顿咖喱鱼的味道不是很可口，但却是一个真实的渔夫家庭的一餐，我已经很满足。

正版巴黎圣诞节

法国 | 巴黎

每次看影视剧时，只要出现全家围在一起吃饭的场景，我就忍不住咽口水，就算演的是战争年代中的村民啃着大馒头，我也无法阻止这种反应。我问老妈，我这是不是一种病啊，老妈说："你想得美，你那就是馋！"

话虽然说得直接了点儿，但这真的是我的软肋。情绪很容易被带动，一会儿哭一会儿笑，好奇心特强，特别容易就眼馋上任何好东西。但是我还有一大优点，就是容易满足。对眼馋的东西，我其实真的只是想看上一眼，尝试一下，很少有想要拥有它们的欲望。所以，我真的还算是好伺候的娃，就算我眼馋的是电视里的炖肉，塞给我一碗带着点儿肉汁儿的土豆，我也是可以就着电视津津有味地吃下去的。

我的好奇心，驱使我在生活中、工作中，不断地去尝试未知的东西，不假思索地就在陌生的地方亲身尝试当地人的生活方式，我的鲁莽带给我的欢乐远远多于危险，所以我没想过要改掉这个毛病。

2010年，我第一次去法国，正赶上圣诞节。从11月开始，法国满大街就充满了圣诞节的气氛。国外的圣诞气氛远远浓过国内，那种骨子里对圣诞节的盼望，是我们用各种商业气息催生不出来的。巴黎的各种圣诞集市陆续开张，装饰一新的大大小小的圣诞树随处可见，耳朵里听到的都是和圣诞节相关的音乐。

站在蒙马特的教堂门前，俯视着灯火辉煌中的小半个巴黎，我好生羡慕这些幸福的巴黎人。他们的童年里每个圣诞节都有圣诞老人的礼物，比起我每个除夕都收到大人的红包要高级多了，拆开未知礼物的心情，也比已知现金的心情更有神秘感。我多想和巴黎小朋友一样，过一个普通的巴黎的圣诞节啊。所以我转身走进了身后的教堂，许下了这个心愿。

当晚我就接到了一个巴黎朋友的电话，她说："我们全家邀请你一起来过圣诞节。"这就是传说中的心诚则灵吧，有信仰就是这么好。我梳洗打扮了几分钟，冲到街上去给他们全家选礼物。

我的朋友是个巴黎姑娘，她当时还是个大学生。参加圣诞大餐的有她的父母、两个哥哥等家人，她的男友，还有我。我还从来没给这么多人买过礼物，享受采购圣诞节礼物的乐趣是我体验原版圣诞节的重点之一。我用了相当长的时间，精心挑选礼物，但是说实话，我不是会挑礼物的人，买的都是比较不会出错的化妆品或者玩具。买礼物的时候，店员小姐很仔细地问是送给多大年龄的人、和我什么关系、平常都喜欢什么。有位店员还问道："嗯，你们未来有什么可发展的关系吗？"卖个东西要不要这么懂心理学啊，让买礼物水平刚刚及格的我情何以堪？

最后我以电影中那种时髦女郎的样子结束了这次圣诞购物，拎着大包小包走向朋友的家。

早就听别人说，巴黎特别脏，所以我走路格外小心，怕一不小心踩上狗屎，我可是戴着雪白的贝雷帽，穿着白色的大衣，喷了某品牌的第五号香水呢。可是越小心倒霉事就越找你，马上就要到朋友家楼下的时候，我躲闪不及，一脚就踩上一坨。

讽刺的是，我一抬头，正看到不远处一个大广告牌，上面的照片是一只狗狗在自家客厅"便便"了，画面外，醒目地用英文、法文写着"你不愿意发生在你家的事情，你也不会愿意发生在巴黎街头”。看来巴黎人已经知道我即将踩上狗屎这事儿了，我此时的困惑是：发生在巴黎街头的事，我不能让它发生在别人家里。我总不能踩着狗屎去人家家里做客。

所以，穿着小洋装的我开始在楼下蹭狗屎。这真是个技术活儿，得眼尖脚快，迅速确认一块有锋利边缘的台阶，然后把脚放上去，搓啊蹭啊，终于差不多了。这带着狗屎运的东方客人，应该还是蛮受欢迎的吧。

朋友的全家热情地欢迎了我，他们都说一口流利的英语，因为朋友爸爸是牛津大学的教授，因此还带着一口浓浓的英国腔。我感觉自己走进了唐顿庄园。

我赶紧脱了鞋，光脚踩在地毯上，这样我的秘密就不容易被发现了。老夫妇在忙着做圣诞大餐，我提出帮忙，老太太教我往火鸡上刷蜂蜜，老先生则出门去买酒。他们说每天都会去一家店买一瓶相同的葡萄酒，圣诞节也不能例外。

朋友和她男友、她的两个哥哥都陆续回来了，圣诞大餐倒计时开始，差不多6点的时候，我们就开始吃饭、喝葡萄酒了。老先生说我们早点吃完，好去准备各自的礼物。我忙活了半天的火鸡迟迟没有上桌，朋友的哥哥说，那个是明天才吃的。看来没戏了，我就别等了。

跟我们过春节最重要的其实是除夕，而不是大年初一一样，对于圣诞节来说，重头戏也是平安夜。当晚，两个小朋友睡觉后，我们围坐在圣诞树下，包装礼物，写圣诞贺卡，然后把它们堆放在圣诞树下。不一会儿，树下就堆满了小山一样的礼物。

小朋友们睡前重复着年复一年的疑问：圣诞老人晚上会来吗？得到的是相当肯定的答案。他们的爸爸斩钉截铁地说："当然会来了！他们就等着你们一睡着，就赶快骑着麋鹿来给你们送礼物呢！"孩子们满意地睡了。要是我，肯定会半夜偷偷爬起来，去圣诞树下等老爷爷。

我准备的礼物有书、中国的麻将、玩具、帽子和化妆品。送礼物最开心的时刻莫过于你想象对方收到礼物时的样子，还没送出就有点心满意足了。就好像淘宝购物的乐趣就在打开快递的那一瞬间。我在巴黎人家过的圣诞前夜，竟然兴奋得没有睡好。

第二天，两个法国小朋友 6 点钟就起床了，其中一个还走不利索就跟着小姐姐奔向圣诞树。他们也真是太拼了。3 岁的 Nina 大声喊我："林！你看啊，圣诞老人来过了！他真的来过了！"这时，全家开始展现他们不容忽视的表演天分，Nina 的爸爸和叔叔表情夸张到令人难以置信，他们对着圣诞树喊起来，一个说："天哪！他果然来了！"另外一个就说："圣诞老人真的从来不会让人失望呢！"他们天衣无缝配合的这场戏，让孩子们更开心了。Nina则拉着让大家都来找自己的礼物。

每个人一边拆礼物一边读礼物上的留言，这一早上，忙活了3个小时，才把礼物都拆完。孩子们兴奋得满房间跑，Nina已经完全不受控制，如脱缰的小马。我高兴得抱着Nina在圣诞树下打滚，这种圣诞节的快乐，是我从未享受过的。

考虑到我晚上就要离开，期待已久的火鸡提前登场，配着鹰嘴豆和其他蔬菜，我吃了几大块。这一家人还酷爱一种叫couscous的摩洛哥盖浇饭，我又吃了一大盘。心想，这怎么那么好吃，怎么别人家的饭就是比自己家的好吃呢？

巴黎人的圣诞节，其实就是和家人在一起，吃饭、拆礼物、一起游戏，不管做什么，这一天都要在一起。他们擅长各种"在一起玩"，拼图、大富翁，甚至打麻将。这一家最喜欢的是一个类似"我写你猜"的游戏，大家各自在纸上写一个词，然后对方提问，根据提示猜出正确的答案。可是我，太有压力了：同学们，跟牛津大学的教授一起玩这个游戏，我要答对是多么困难啊！但是教授太照顾我了，轮到我，他的题目是：她是一个童话的主角，曾经弄丢了一只鞋。我轻松过关，回家后我可以逢人便说，我回答对了一个牛津大学教授的问题。

教授先生说："中国人都很聪明，因为中文是世界上最难的语言，你们掌握了它，就已经很聪明了。"这……这是教授的专业判断吗？这应该就是句客气话吧。

夜幕降临了，聪明的中国人离开了巴黎人的家，重新走上了都是狗屎的巴黎街头，然后去乘那有着300年历史、喝多了就可以随处小便的巴黎地铁。

T H O S E   C R A Z Y   T H I N G S

3

LINZI
DALE

那些疯狂的事

行走在路上，不是只有美景美味人间温情，也有恐怖的瞬间，可怕的经历。常年在外，旅行中遇到些意外对我来说都已经不是意外了，根本就是标配。“神经大条”也是这个标配的附属品，当然必要的防护知识也是必需的。总之，就是胆大、心细再加上点儿“好了伤疤忘了疼”的选择性记忆缺失。可即使被吓坏了，我却依然还能感叹着旅行的乐趣。旅行也正是一件能让我有机会探讨和寻找各种可能性的事情，探索未知的乐趣也是有趣生活的一部分。只活在已知里，要年轻有什么用?

如果那天我死了

中国台湾丨花莲

常年在外，旅行中遇到些意外对我来说都已经不是意外了，根本就是标配。“神经大条”也是这个标配的附属品，当然必要的防护知识也是必需的。总之，就是胆大、心细再加上点儿“好了伤疤忘了疼”的选择性记忆缺失，就是一年365天有200多天在外的人的必备属性。

无论是遇到恶劣天气还是丢钱丢护照，我都尽量保持平和心态，反正已经发生了，就只能去面对。尽管这样，有些事情，如果不是亲身经历，永远不知道它到底多可怕，比如地震。

环太平洋地震带上，日本和中国台湾都是地震多发地区。日本整个社会对于地震不是一般的重视，在那样一个狭小又人口稠密的地方，地震会造成致命的灾难。日本人通常都受过地震知识的培训，每个人都经历过地震演习。在东京的地震博物馆，我不仅见识了地震的厉害，当时还非常用心记下来一些防震知识。地震来了谁也躲不掉，多了解一点儿就多一点生存的机会。这种真心渴望学习知识的态度，简直是我在9年义务教育中都没产生过的。

相比日本，中国台湾民众好像对地震没那么重视。多次去台湾，我的重点都是在吃上。美食的诱惑之下，对于地震就是忽略不计。

但是根据伟大的墨菲定律，如果你担心某种情况发生，那么它就更有可能发生，而且早晚都会发生。所以，在妈妈担心地唠叨着“你去台湾要小心啊，那里老是有地震啊，你别不当回事啊”的那一次，这一天就来了。

如果抛开地震的阴影，那次的台湾之旅绝对是我记忆中如明信片一样美好的一页。那次我去的是海神眷恋的地方——花莲。在北部的清水断崖，有太阳的时候，海水颜色分明，近处是浅绿色，远处是深蓝色，就像一个绿油漆桶打翻在太平洋里。阳光照在海水上，波动着闪烁着，像是宫崎骏动画里才有的场景。

这样的地方，要是我再以吃为主题，就有点儿对不起花莲了。这么美的地方，要搭配艺术和文学才对。就算吃喝也得是看云喝咖啡，捧着一本花莲人陈黎的诗选，心中默念那句“我的星象学／预报流星雨”。这么浪漫的话，只有在花莲才写得出来。

美的事物总是多灾多难，花莲也一样，除了几乎每天都有地震发生，还是个常受台风、暴雨袭击的地方，所以我其实很难想象当地人是怎么在这么复杂的担心中创造出浪漫的。

看了一下午的大白云彩，做了一下午的文艺梦，晚上我回到了酒店，准备恢复普通青年的庸俗生活，看看电视。拿着遥控器频繁换台的时候，我突然感觉整个楼都在晃，那个摇晃的幅度不容我怀疑，直接判定为地震。我一个人的时候，有时候爱跟自己说话，这次更是紧张到对自己不停地说“完了完了，妈妈你再也不用担心我赶上地震了，因为它真的来了”。

书到用时我不恨少，当我脑子中条件反射地出现“地震”一词后，那些我在地震博物馆接触到的各种知识都闪现了出来。这么多年，我终于要学有所用了。我像在教学片中看到的那样，从容地从床上拽下一条棉被，用它裹在头上身上，然后敏捷地拿了一瓶矿泉水，迅速打开了门。请注意我的措辞是表现我泰然自若的关键，请伴随着这些形容词，想象我优雅的姿态。

这里我要骄傲地传播一下地震知识。比如我之所以赶紧把房间门打开，是因为地震时房屋坍塌会把门堵住，到时候就出不去了。然后我又一个箭步，钻到了桌子底下。桌子是整体固定在墙壁上的，于是我顺势死死抓住桌子腿（这是我从美国红十字会应对地震的口诀中学的，“drop，cover and hold on”，发生地震，能蹲就蹲下，能趴就趴下，能卧倒就卧倒），然后抱上被子毯子躲在牢固的家具下面，最后就是抓住它！

就在我将地震技能逐一实施的当口，这地震竟然停了。周围好安静，没有声音。是花莲人民都习惯了吗？没有一个人慌乱地叫喊，也没有一个人劫后余生后喜极而泣。

只过了一会儿，酒店的工作人员走进来安慰住客了。带着软软的、温暖的花莲腔服务生说“小姐你表担心，这其实灰常正常”。跟在他身后年长一点儿的工作人员更亲切，唠家常似的告诉我，地震嘛，小的不用跑，大的跑不掉。

此时竟然发生了一件意想不到的事，勇敢无畏且抗地震技能还没展现出1/10的林大胆同学手开始发抖，整个人瞬间瘫软在沙发上。这是人体对地震的延时反应，是赤裸裸的“被吓坏了”的标志。我一系列的敏捷反应都毁在这一秒钟的瘫软上了。不过通常我跟别人讲述这次经历的时候都是隐去后面这段的。

后来上网看到新闻说，这是一场4.6级的地震，不怎么大。但是那一夜，倒在哪里都3分钟入睡的我却翻来覆去睡不着，我的人生第一次失眠就在这个花莲的地震之夜。我想到了很多在预料外的时间结束了生命的人，人类渺小又可怜，大自然发个脾气我们就可能没了命。回想到刚才的地震，似乎有一秒钟我有莫名的直觉告诉自己可能要死了。

如今我的工作总是要昂首挺胸，赶着危险上，追着死亡走。可是有什么办法呢，我真心爱这个工作，它甚至已经不是我的工作，它是我生活的全部。

躺在床上，望着黑暗中的天花板，想到生与死不过是一秒钟时间。我松了口气，这一秒钟已经过去了，生活还是那么美好，还有崭新的日子等着我，还有好多地方等着我去发现。

热带作死队

印度尼西亚 | 纳闽巴霍

在去纳闽巴霍岛之前，我都没听说过科莫多巨蜥这种东西，我生来就和个儿人又丑陋的东西绝缘，看都不想看。可是节目组要求我们分成两组去给巨蜥当娱乐记者，“贴身”拍摄它们的私生活。

在数十次窃喜我的工作是多么幸福的间隙，我也会出现一两次小小的抱怨。为了工作，我往往要去做很多我原本绝对不会做的事，接触很多可怕的东西，而且，一个“不”字也别说，主要是说了也没用，还是得硬着头皮上。对付害怕的、不想做的事，我早就可以应对自如了。心里即便吓得发抖说了 1000 个“不”，脸上依然带着春风拂面的笑容，大无畏地说“好啊好啊”。哪怕面对死亡我也仰天长啸，让魔鬼的宫殿在笑声中动摇——这就是我，一个旅游节目主持人的自白。

我的热带作死队模式就在这种情况下再次开启了。

科莫多巨蜥是难得一见的史前动物，它长得那就别提了，看了以后浑身起鸡皮疙瘩，妈妈再也不用担心我对自己的容貌自卑了，我感觉整个人类都貌美如花老好看了。

同行的小伙伴们七嘴八舌地议论着他们从“度娘”那儿看来的关于科莫多巨蜥的可怕事实，听得我不寒而栗。眼前如同《神探夏洛克》里的画面，伴随着哔哔哔的电子音迅速闪现出一个又一个信息：地球上十大危险动物之一、身长 3 米、体重 160 千克、进食可达到体重的 80%、十几分钟就能吃完一头 30 千克的野猪、可以察觉到 1 公里之内的食物的气息、哈喇子含有 3000 多种毒素……

听当地人说，科莫多国家公园里的毒蛇就是它的零食，它尾巴一甩就可以轻易把老虎什么的拍个深度昏厥，然后再用尖爪把它们撕成碎片……这一幕幕惨剧已经在我脑中上演了，这科莫多巨蜥既然这么可怕，这么危险，连天敌都没有，为什么节目组要送我去作死，是因为上次拍摄大吃大喝画面的时候导演喊停我没有及时停吗？

进入国家公园之前，导游还特意宣布注意事项：因为科莫多巨蜥对血的气味非常敏感，来大姨妈的女生是不允

许进入公园的，这让两个大姨妈光临的姑娘松了一口气。她们摇身一变就成为幸灾乐祸的同事，反正也不用出场了，索性对危险系数轻描淡写。她们说“真的没那么可怕”“你看人家当地人根本不把它们当回事儿”“公园里有相当严密的保护措施”“这么多年也只死过几个人”“你的肉也不好吃，它们袭击你不值当的”，这人类要是失去了同情心，真的是什么都说的出来呢。

这个时候，只有同行人的鼓励还算靠谱点儿。摄像大哥说：“你看它虽然叫巨蜥其实也不是很大啊，母的也就不到100斤呢。”然后他意味深长地看了看我。现在嫌弃我体重都要用巨蜥来对比了，这什么世道！看来这同行的也指望不上了，只能靠自己了。

科莫多国家公园的大门两侧就是两只昂首站立的巨蜥石雕，在还未进入公园之前，那一股无敌杀戮的气息就隐隐袭来。为了壮胆，我在门口使劲拍了拍那俩石雕，这是我一生中能对科莫多巨蜥做出的最过分的举动了，然后我义无反顾地走了进去，那一刻感觉相当悲壮。

午后的公园里很安静，只有风吹过，几十米内都不见其他的游客。大嗓门的我刚问了句：“怎么这么安静啊？”就被同伴制止了，Mr. C说：“小点儿声儿啊，它们听觉比嗅觉还灵敏，你这么一喊再把它招来，反正我是跑得快。”

之后我再也不敢大声说话，走路都是蹑手蹑脚，大气不敢出。远远看见几只科莫多巨蜥趴在阴凉处休息，在一堆叶子里乘凉，懒洋洋根本不爱搭理我们的样子，凶猛度顿时降低了不少。

那天天气真好，蓝天大白云，但是心情可没那么爽朗，我们一行8人在科莫多公园里小心翼翼地穿行，生怕一不小心惊扰了巨蜥大人。所谓“严密的保护措施”更是让我泄气，本以为是什么高科技武器，最起码也是地摊上出售的那种防狼喷雾啊，可是当地导游为保护我们准备的就是一根2米长的棍子。我希望能在棍子上发现什么隐秘而伟大的机关，让我感叹科技的神奇，从而顿生安全感，可是我仔仔细细看过这根超长金箍棒后，不得不遗憾地通知大家：它，只是一根棍子。

失望伴随着巨大的不安而来，我谨慎地对待着我生命中的每一步，因为每一分钟杀戮都有可能袭来。不知道当地人怎么这么大胆量，他们早就习惯了和巨蜥生活在一起，对凶猛残暴的史前动物视而不见。如果我也一直生活在这里，是不是也能泰然自若地躺在巨蜥背上看小说了呢？

正幻想着我勇猛的人生，一团绿呼呼的东西猛地出现在眼前，一秒钟后我才反应过来那是一条蛇。我吓得“花容”失色，但是最痛苦的不是受惊吓，而是受惊吓后你还不敢出声儿，我张大嘴，用顽强的毅力克制着不发出任何声音，这种纠结也太折磨人了。

我神色还未恢复正常之时，同伴就提示我不远处有3只科莫多巨蜥出现了，一时之间对蛇的恐惧马上就被更巨大的恐惧淹没了。3只难看的巨蜥缓慢地爬行着，好像吃饱了正无所事事地四处游荡。我们几个小声嘀咕着要不要走近一点儿完成我们的贴身拍照任务，巨蜥们完全没注意到我们的存在，只是继续爬行。我觉得机会不错：趁着它们心中没有我，就凑过去看看呗。当我又走近了几米后，其中一只科莫多巨蜥突然停止了爬行，它眼睛突然望向我，虽然远隔十多米，我还是被那个犀利的眼神震慑住了。

那几秒钟我已经忘了呼吸，脑中只出现一个词，叫作“毛骨悚然”。行走在路上，就是这样，不是只有美景美味人间温情，也有恐怖的瞬间、可怕的经历，吓成这样我还能感叹这是旅行的乐趣，我是有多么敬业和病入膏肓。

当晚，我梦见那两个没进入公园的同伴突然来了，科莫多巨蜥闻到了空气中的血腥味，傲慢地转过身，喉咙里发出嘶嘶的怒吼，然后大步地向我们袭来。我吓醒了，第一次因为一件没有发生的事，恨上了这俩姑娘。

生死过山车

阿联酋 | 阿布扎比

自从上小学时经历过一次惊心动魄的翻车事件之后，我对一切有速度的东西都很怕，会自觉地远离它们。其中，最怕的就是坐快车。在我的家乡贵阳，有一阵子流行坐中巴车，它们在人群中冲来冲去，自由自在得令人发指。每次我都躲得远远的，从来也没坐过一次。

别人的妈妈都是担心自己的孩子开太快不安全，都会叮嘱“开慢点开慢点”，我会开车之后，我妈则是每次坐我车都说“你怎么开那么慢啊，三辆大公共都超你前面去了”。就这么慢悠悠地行驶在北京拥堵的二环三环的我，被迫在美国一号公路开到 120 码时，自己都要吓哭。

当我们来到阿联酋，听说这里有全世界最快的过山车，还可以在真正的 F1 赛道上体验一把时，大家都欢呼雀跃。尤其是男生，男人就没有一个不爱速度和冒险的，好像不激动得语无伦次就显得自己不够男人气了。只有我，从第一天开始，就为自己捏着一把汗。

这也是我的职业带给我的唯一的不爽。很多时候，我必须去做我不想做的、不敢做的事情，因为主持人只有一个，你不下地狱谁下？有时候我是在现场临时被导演逼到了这个境地，一咬牙也就做了。可是最怕的是，如果恐惧都是计划之中，那它不但不会减少，反而会在等待的日子里不断加剧。

我的心理建设工作进行了48小时。在编导吕小哥看来，是给了我时间去适应，可是对于我来说只有恐惧的累积。这48小时里，除了想象那速度会有多可怕，我没有任何措施可采取。

为了帮助我适应，在第一站迪拜，大家鼓励我先试试一个室内滑雪场。我以为是北京购物中心里那种供小孩玩的滚轴溜冰之流，想都没想就答应了。可谁承想这Ski Dubai是全球最大的室内滑雪场，有25层楼高，3个足球场那么大。光看着我就已经腿软了。试滑当然以失败告终，并且非常惨烈，姿势难看四仰八叉不说，我硬是把扛着机器的摄像师逼到了死角。他正拍摄着，就被已经吓得六神无主的我抱住了，之后不管他再怎么喊我也不撒手了。滑雪道上就看见我们俩一正一反，面对面站着，我紧紧抱着他不撒手，两个人一起向下滑去……

出师不利，我以为吕小哥会改变拍摄计划。但是俗话说，轻易就心软了的导演不是个好导演，我们的好导演在到达阿布扎比的第一时间就通知我准备去坐过山车。

在这之前，我从来没坐过过山车，连摩天轮都没坐过。第一次坐过山车就赶上全世界最快的，这是命运对我的垂青吗？它这么大刀阔斧地考验我，是有多看好我？

这个全世界最快的过山车Formula Rossa，就在阿布扎

比的法拉利公园里。听听，法拉利！什么东西跟法拉利一沾边儿，那有慢的吗？在进入过山车的通道里，我几乎是走三步退两步，一步一回头，跟送哥哥去参军的村姑似的。但在通道里故意拖延时间是没用的，我的心中响起了电影《追捕》中的一段："你看，多么蓝的天啊，一直走下去，你就会融化在蓝天里。走吧，一直向前走，别往两边看……"

于是我一咬牙上了贼船，不，是贼过山车。几秒钟后，过山车启动了。我估摸总还有几秒钟缓行让我过渡吧，结果根本没有这个时间，不到5秒钟，过山车就冲上了52米的高度，瞬时速度达到时速240公里，我的肾上腺素"顿时"爆表。我连哇哇大叫都还没来得及，全程结束了。

镜头里的我，兴高采烈，实际上，从上去到下来，我的腿都是软的，想死的心都有了。我下来后不用人扶着还能走路，纯属奇迹。

节目里演的是紧接着我就去尝试了 F1，实际上，我要真这么做了简直就是作死。这两个项目不得不间隔了好久，让我要死的心情渐渐平复。我带着哭腔说了好几遍“让我歇会儿成吗”，言外之意是，我都说了我会去死的我会去死的，你们等会儿成吗！

这速度与激情的体验，是很多人梦寐以求的，他们自然无法理解我“身在福中不知福”的痛苦。回来后我向别人倒苦水的时候，得到的往往是一个白眼儿，我真是冤死了。

如果说过山车还算游戏项目，那在 Yas Marina Circuit（亚斯码头赛道）上体验 F1 那就是真正的玩儿命了。这是 F1 专业赛车的阿布扎比站比赛专用赛道，顶级赛车手莱科宁、汉密尔顿都曾经在这里夺冠。

出发前，我发表了感言：今天，我将化身舒马赫，驰骋在赛道上，我想感谢旅游卫视和各种 TV，感谢我的爸爸妈妈，我今天最大的愿望是能活着回来，别吐人家一车。

最愉快的部分是穿戴整齐的时刻，我是标准的装备派，虽然我不怎么爱运动，但是我钟爱各种运动装备，比如我虽然不会打高尔夫球但是却有全套的装备和各种服装。不得不说，F1 这一身是所有运动装中最帅最酷的，有幸穿上一次已经足矣。

戴上头盔，然后望了一眼朝夕相处的同事们，我内心和这个世界告别了一下，翻身上了赛车。

这赛车底盘也太低了，跟坐在地上差不多。戴上头盔之后，我内心的激动更加汹涌澎拜，不得不摘下头盔多呼吸了几口新鲜空气。要知道这可是真正的赛车手比赛的地方，他们曾经开过的路，我也要轧过去一遍。听着赛道上轰隆隆的声音，我的恐惧感突然降低了，有一部分被紧张代替了，这也算是个好兆头。

和我的紧张相比，坐在我旁边的赛车手镇定得不得了，礼貌地致意后，他发动了车子。风像有形的一双大手拉扯着我的头，耳边仿佛有大金刚在吼叫，仪表盘上的数字疯狂变化着。转弯的时候我觉得快要被甩出去了，两边的提示牌，从 100 变到 50 也就 2 秒钟。在车里我能做的只有两件事：抓住把手，然后任由车把我抛来抛去。那种从未有过的体验竟然非常畅快淋漓。这一次被迫的尝试，竟然成了我人生中最棒的体验。

但是我真的再也不要第二次了。

尽管我知道那由不得我。

另一个世界的你来拜访我

日本 | 青森

先声明一点，我是不相信有鬼的，但是我相信这世界上有神秘事物存在的可能。听起来有点儿矛盾，其实并非如此。我不相信的是那些鬼片里青面獠牙无头无脚动不动就出来吓人的鬼。我从小就不怕看鬼片，可是我也不喜欢一惊一乍故弄玄虚，那太没劲！即便这世界上真有鬼魂，我也总觉得它们不会太难看，那话怎么说来着，长得难看还出来吓人可就是你的错了。

我这一张百无禁忌偏爱自黑的嘴，让我对这个世界充满了善意和脉脉温情，不是我有恃无恐，而是真的希望世界充满爱。相信美好的东西在我看来是一种宝贵的品质。

每次出行，我总是尽可能地对陌生人报以善意，反正我们也许一辈子就只见这一次面，我宁愿相信对方是好的。遇到各种各样奇怪的事情，我也尽量不去评价对错，而是保持着好奇心，把这些都当作有趣的回忆。就算因为工作，很多次我被迫去做那些我根本不情愿去做的事情时，我也只是当时烦恼几分钟罢了，回来就谈笑风生地自黑了。反正已经做了，何不好好享受？

但是在日本的一件事，让我深知这世界上有些事情是没法享受的。至少当时不能。那一次，我是真的被吓到了。

几年前，我去东京出差，最后几天从东京转去青森拍摄。同去的还有当时很红的美少女组合中的一名美少女，我已经忘记了她的名字，也不记得她具体的长相了，反正在我眼里所有日本美少女都长得差不多，都跟漫画里的一样卡哇伊。

美少女告诉我青森有个森林，可恐怖了，在那儿指南针都失灵，本地人都不敢去。我很配合地也作卡哇伊状，张大嘴卖萌地问：“啊？是真的吗？好可怕哦！”其实我这表现完全是礼貌性的入乡随俗，内心一点儿也不害怕。

不过在日本确实常听说一些灵异事件，导游说在日本看到鬼是非常稀松平常的事，尤其在我们入住的温泉酒店。他甚至有点得意地说：“如果你是艺能界的人，遇到这些是一种好运气的意思，你要是能看到‘它们’，你的演艺事业就会发展得特别好。”我竟然没心没肺地说，那太好了，我好想遇到“它们”啊，那样我就会火了。然后我脑中浮现出我入围金鹰奖的画面、主持奥斯卡颁奖典礼的画面，越想竟然还越开心起来，要说我这个没头脑还爱高兴的性格还真是天下无双。

温泉酒店门口有两个凶神恶煞的雕像，跟关二爷似的，这不用说，肯定是用来镇宅的，绝对放心。

我跟美少女住在不同的房间，她和自己的助理住一起，我和同事住一起。房间都非常大，每晚我们就睡在日式的榻榻米上。开始的时候有点不习惯，榻榻米比床要低很多，

望向天花板的感觉很奇怪，但是一个一年有 200 多天在外的人，睡觉不挑床是必备的生存技能，加上旅途的疲劳，我四仰八叉地就睡过去了。

早上 5 点多，窗外一片鸟鸣和好听的溪水声。青森的森林覆盖率在 70% 以上，从窗户往外看，一片沁人心脾的绿色。那天早上的拍摄更深得我心，我要扮成美少女，去溪水边进膳，美景美食让我心头美滋滋的。同住的同事匆匆出门去准备拍摄，留我一个人在房间化妆。

我虽然也爱美，可是真的很少钻研化妆，每次都是敷衍，安慰自己说天生丽质打扮什么啊。

那天也不例外，心猿意马地敷衍着，期待着一会儿会吃到的大餐。

这时听到有人敲我的房门，敲门声是标准的日式风格，简单的“砰砰”两声，力度不大不小，很有礼貌。我问：谁啊？没有回答，又是“砰砰”两声。

房门和我的距离是两米左右，如果我迅速去开门的话，是一定来得及的。谁啊？再敲。谁啊？还敲。

一拉开门，什么都没有。只有特别长的走廊。

我悻悻地又回去化妆，心想是不是谁敲错门了。

这时，敲门声又来了。这次我反应速度极快，一个箭步冲过去，拉开门。

依然是，一个人都没有。

我一声尖叫，扔了手里的东西就跑。

当我气喘吁吁冲进楼下导演的房间时，差点儿撞上也同样面色苍白的美少女，我们像排练了好多次的组合一样同时哇哇大叫起来。导演看着我们，一脸莫名其妙。

有美少女的地方，就有八卦。我们两个美少女立即互相通报了情况，她的情况比我还恐怖些，她和助理坐在垫子上化妆，却突然看到垫子陷下去，然后又起来，又陷下去……她们这个情况要是让我遇到，我可能根本跑不到导演的房间了，光听她们形容，我的腿就已经吓软。

从此，我对“不做亏心事不怕鬼敲门”的说法十分光火，这简直是居心叵测的心灵鸡汤，这奇怪的敲门声要是响起，你是田螺姑娘也得吓个半死。

我跟导游讲了我的遭遇后，他语重心长地说：“你们遇到了。”而且那语气中竟然有一丝恭喜，这个民族真是……

那一次吓得不轻，可我还是不觉得那是遇到“鬼”了。这个世界这么大，看不到的东西不一定不存在，这个世界存在任何可能，旅行也正是一件能让我有机会探讨和寻找各种可能性的事情，探索未知的乐趣也是有趣生活的一部分。只活在已知里，要年轻有什么用?

人有的时候会在经历过一件事后，夸大它的危险，以显示自己大难不死的好运气。于是在回到北京，心情终于平复后，我就云淡风轻又添油加醋地向朋友炫耀了一下我在青森的遭遇，借此，也想告诉他们：我呀，快红了，你们可得珍惜我!

但是朋友们听了之后的反应出奇地一致——对于前半段的故事都唏嘘不已，胆儿小的身临其境大呼小叫，但是对于后半段，也就是对“我要红了”的预测都嗤之以鼻，我只能理解为他们是羡慕嫉妒恨了。

有个哥们儿还煞有介事地提醒我：“听说‘它们’一次没见着你，可能还得追过来呢。”呵呵，咱这经过大风大浪，都听过鬼敲门之人，能怕这个吗？泼猴，休要骗我，那扶桑之国乃是个岛国，死了以后就算有灵魂也很难跨越大洋去到别的地方。何况，它们有护照吗？

真希望，科学也好，灵异也好，一样有趣。

不过我现在可以非常肯定地判断，那一定不是“鬼”，因为，我至今也没大红大紫。

雨夜的一封情书

法国 | 布尔日

从巴黎往南驱车200多公里，就到了布尔日。这是个没有时光痕迹的地方，今天还依然是100年前的样子，可能100年后也还是今天的样子，它好像不会变化。于我生活的城市，这不可想象。

我也曾想象，一觉醒来，我的家乡又变成了小时候跳过皮筋的地方，上学走过的路也恢复了多年前的模样，小伙伴虽然都长大了可还是说着一样的话，爱吃的东西也一样。这是不是就叫怀旧呢？在布尔日，这种旧你不用怀，因为它本身就是这么old fashion，这里的人每天都还在过着一杯咖啡、一个牛角面包，一边听着收音机一边开始一天的生活，就是这样，他们过得怡然自得，我看得羡慕嫉妒。

结束了在布尔日的工作后，我们准备晚上小庆祝一下。导游小元给我们推荐了当地的一家牛排馆，他说那家店很受欢迎而且不拥挤，气氛又好。当时是七八月，正是布尔日要转凉的时候，有一点阴冷，已经该穿秋装了，可我刚从热带地区转场过来，心和身体里都还装着赤道那边的热。为了平衡我的夏日情绪，当晚庆功宴要开始的时候，恰到好处地下起了毛毛雨。这一下雨，布尔日变得更加清凉，我也多愁善感得像个正常姑娘了。

牛排馆不大，晚餐时间过后，大概九十点，服务员简单收拾桌椅重新布局，调暗灯光，餐馆瞬间就变成了酒吧。

法国人很会用情调改变一个地方，从巴黎到布尔日都是。变身后的酒吧开始播放从上世纪50年代至今的各种音乐，年代混杂，别有一番韵味。

餐馆里有七八个当地人，都是好看的男男女女，他们围成一圈又唱又跳，主题看起来是夏威夷海滩，我那刚刚被细雨降温的情绪忽而又高涨起来。他们笑唱着经过我身边的时候，一个男孩把他的夏威夷花环套在了我的脖子上。我恍惚觉得确是在夏威夷了，也大呼小叫地回应着他们，也是在那一刻，安静的布尔日变得热闹有趣了些。有时会因为你和一个人说了一句话，有了一次真诚的交流，旅行瞬间变得感性起来，城市不再是无声的明信片，而是一部可以回忆的电影了。

离开的时候已经很晚了。穿过的每一条十字街都异常安静，只有细雨纷纷。街道很窄，两旁都是高高的教堂，还有古老的路灯，我们走在雨中，默默地，不说话。突然小元说："你们不觉得这像一部电影里的场景吗？"我正在想是什么电影，他已经一手扶路灯的灯柱，一手举着雨伞，完成了一个180度的转身。没想到书呆子一样的小元还有这等闲情逸致，大家都欢快地哼唱起了*Singing' in the rain*，个个变得情绪高昂。

这一幕熟悉又喜感，不知道为什么，过去了好长时间，每次见到这样的路灯，我都有一种冲动要扶着灯柱起舞……

小元一停下来，空气中凝结了一种异样的气氛，我们发现有点不对劲，哄笑过后的安静中夹杂着窸窸窣窣的脚步声。互相对视了一眼后，我们感觉是被人盯上了，用余光扫过去可以看到好像有两三个人在跟着我们。为了确认这个判断，我们忽快忽慢地走了一会儿，发现对方也跟随着我们的节奏，但是一直和我们保持大概10米的距离。事情一开始的时候往往不那么害怕，一旦确认了它的存在后才倍感不安，我们是不是遇到打劫的了？我紧张地低声询问这里的治安情况，小元镇定地说："如果是醉汉的话，也不是没有这种可能。"都有可能了你还那么镇定干吗啊！我加快了步伐，拿出中学体育课的水准小跑了起来，远远看到酒店的时候，我才总算松了口气，仿佛看到了希望的救命稻草，冲着酒店开始了百米冲刺。

回到酒店一口气跑进房间，我感觉逃过了一劫。跟希区柯克电影里的画面一样，我悄悄拉开点窗帘，向楼下望去，有两个高高瘦瘦的男人，从体形看也许叫男生更确切。两个男生各自点上了一支烟，默默地在楼下抽起来。路灯的灯光，香烟的烟雾，还有细细的雨丝，让这两个人看起来神秘莫测。我重新检查了房间的门锁，才钻进被窝睡了。

第二天一早，雨停了，天气大好。去吃早餐的路上，前台服务生说“这里有一封给你的信”。我很惊讶。打开信，信上用英文写着：

“你好，昨天我在餐厅见到了你，也在当地报纸上看到了你，我给你送了一束夏威夷的花环，你还记得我吗？很抱歉昨天晚上惊吓到你了，一直跟随你到酒店，我只是想知道你的住址。我想和你吃一顿饭，我觉得你非常美丽，希望能和你共度一个约会，你能接受我的邀请吗？”

我先是松了口气，昨晚想象出来的各种诡异险情不会发生了。昨天还在想象他是十恶不赦的劫匪，今天这十恶就减成了零恶。终于放心了，劫色和劫财咱还是拎得清的。

我迅速把信又看了一遍，信的背面是他的联系方式，电话和Facebook。我试图仔细回想写信人的面容，可是除了觉得他好看之外，也没有任何更详细的记忆了。但是不得不说，我依然很是感动，在这样的地方居然可以收到一封情书（很多年都没有过了）。不管这个约会是否会发生，它都已经成为了我生命中很宝贵的记忆，因为每个女孩都希望被人爱着。

当时我斟酌了好一会儿要不要赴这个约，毕竟这样浪漫的事情发生在浪漫的法国是每个追求浪漫的人可遇不可求的浪漫之事，过了这个村就没这个店了，走过路过不能错过。再说了，人在江湖身不由己，就算我代表中国女性赴约的吧。

一番心理建设后，我拨通了电话。

第二天，我精心打扮了一番，盛装前往。我是代表中国队出征的，不能给国家丢脸。餐厅里气氛浪漫迷离，我们二人相谈甚欢……

以上情节纯属虚构。事实是：我没有去赴约，我也没有去联系那个男孩。因为我觉得，最美好的，就是事情停在它还没有开始的地方。

大文豪说过：希望，不是要比回忆更好一些吗？

我在晕船，他们在喝酒

泰国 | 苏梅岛

“满月派对”，顾名思义，就是在一个月圆之夜，几万人凑在一起，大家都穿得奇奇怪怪，脸上涂着荧光粉，在一支支电子乐曲中，畅饮狂欢到天明。

我对音乐的包容度比对人的包容度还要大，虽然我钟爱古典音乐，但是对任何种类的音乐都来者不拒，热情接纳。我想象着满月派对中电子乐迷的激情，不禁跃跃欲试。在音乐的世界里，那种不分种族、性别的单纯快乐，是我最爱的。

因为要去参加这个全世界电子音乐迷向往的满月派对，我需要从苏梅岛搭乘邮轮去帕岸岛。

满月派对每月都举办一次，交通很方便，从曼谷出发到素勒塔尼搭乘邮轮就成了。到了码头才知道，邮轮还真不小，有三层。一眼望去，仿佛是满月派对专用船，变成“满月号”了，因为看船上人的穿着打扮就知道他们是去参加电子音乐派对的。男男女女穿得艳丽又“清凉”，不少人都已经在脸上涂好了荧光粉，还有的没启程就已经 high 起来了。不远处一个小伙子背着吉他，时不时拨动琴弦，发出还算悦耳的声音。听了一会儿才发现他是在用琴声表达自己的情绪，比如周围有人一片欢腾，他就弹一段无比欢乐的跟着起哄。看来我的全月派对不用上岸，在船上就可以提前开始了。

我问了一个刚上船就开始上蹿下跳好像嗑了药的欧美小青年，他告诉我路上需要差不多两个小时。然后他若有所思地指着远处的天空让我看，只是那样指着，不做声。

远处有一片乌云，黑压压的离海面很近，它比我见过的所有乌云都浓密，那颜色好像阴沉的脸。我想，这是快要下雨了。

但是船上广播通知我们照常出发。我对危险向来不敏感，还特意跑到三层的甲板上，我觉得那儿是个看风景的好地方。这里人不多，我后面有 3 个苏格兰女孩，两个长发一个短发，好似S.H.E，她们脸上胳膊上都涂满了荧光粉，抑制不住地兴奋。

船驶出了码头，平稳地航行在海上。但是没过几分钟，乌云突然就压过来，越来越低，越来越近，我们的“满月号”依然全速前进。我还不知道等待我的是什么，那时竟然还感觉船长的作风蛮酷的。

船开始摇晃，从三层望下去，感觉一层是最晃的，有人开始呕吐了。突然之间，暴风雨就这么来了。这雨根本不是雨点儿，而是大片大片的，像冰刀一样，直接就拍脸上了。第一下打上来的时候，我猛地后退，要不是知道这是下雨，还以为受到了坏人袭击。幸亏我身经百战，早就有防备，在风雨中窸窸窣窣地从包里掏出了一件雨衣。可在这大片大片的暴风雨中，一件合人民币 5 块钱的简易雨衣简直毫无用处，我连抓都抓不住，遮住头就遮不住身体，总之，整个身体轮流被暴雨浇灌了个遍。落汤鸡瞬间造就了。

这时我们的“满月号”已经一次又一次地被甩到了浪尖上，它说，风雨中这点痛算什么，擦干泪，不要问为什么。

嗑药男突然出现在风雨中，这时他看起来依然不正常，还在不停地跳来跳去。看到我蜷缩在座位上，可怜巴巴扯着个破雨衣不知所措，他大声对我说：“不要坐在那里，你要站起来站起来。”然后他边说边示范，让我半蹲着，身体保持一个三角形。当一个大浪又袭来时，他拉着我，跟随着浪的频率跳跃，说实话，那个动作充满了韵律和美感，如果不是大难临头，我肯定不吝赞美。但是当时已经由不得我多想，船被一个接一个的大浪甩来甩去，真不知道此时船舱里的船员们是什么感觉，根据船的速度判断，他们是习以为常了，完全没当回事。

嗑药男还真是个热心肠，他关切地问三层的几个人要不要一起回到一层甲板去。我身后的“苏格兰 S.H.E”已经吓得说出不话，脸色惨白，头摇得像拨浪鼓，她们已经吓傻了，不敢动弹。

这时船身已经开始剧烈地摇晃，有些杂物也开始在空中飞来飞去。嗑药男自告奋勇先去打头阵，他冒着危险跑去一层，不一会儿又跑回来汇报，这种国际主义的精神真让人感动。

人类对于各种混乱的适应程度总是超出我们自己的想象，这种剧烈的摇晃只进行了不到 10 分钟，我就适应了与大浪同频率的跳跃，怀揣一颗随时被大浪吞没的雄心，在甲板上迎着风浪跳跃。为了给自己壮胆，我开始在甲板上高声朗诵，毕竟这是咱的专业，不能丢人，必须选择一首非常应景的，一定非高尔基的《海燕》莫属。

“在苍茫的大海上，狂风卷集着乌云。在乌云和大海之间，海燕像黑色的闪电，在高傲地飞翔……”

事实是，我刚张嘴喊了个“在”，嘴里就被“哗”地灌进了雨水，我的狂风根本没法卷集着乌云，海燕也无法高傲地飞翔了。

根本看不到什么海燕，暴风雨倒是来得更猛烈了。在混乱中，我连雷声和闪电似乎都感觉不到，只有大片大片的暴雨，还有人的哭声。要说这恐惧就是有传染性的，如果没人哭，我可能还顾不上害怕，但是这哭声一响起，如同《新闻联播》里的哀乐，不知道谁去世了也莫名觉得悲伤。我的泪水混在雨水里，反正分不清，就任由它流淌。

好多人吵着要返航，船长无动于衷，大无畏地一路前行。船被抛起，又重重落下，我已经没法移动，每一次，我都担心自己要被丢进茫茫大海了。

要是真掉下去，那还不得跟抽水马桶似的，几个漩涡就把我吸走了？并且要掉下去就是分分钟的事儿，只要我的手松开。

苏格兰S.H.E，到了物极必反的境界，她们不慌张了，不哭不叫了，拨浪鼓也不摇了，竟然掏出了一瓶威士忌，仨人喝上了，你一口我一口的靠酒壮胆。东西方文化差异可是真大，我就算胆儿大也是万万没有这心情的。

再看看远处，这文化差异就更大了。背吉他的少年脱下外套，用衣服把自己绑在桅杆上，旁若无人地开始吉他弹唱。他这是要告诉我们，尽管生命到了最后一刻，也要享受美好的音乐吗？就算咱们是去参加电音大“趴”，也不用这么烘托主题吧？

吉他少年开始结案陈词了，他说：“让我唱最后一首歌吧。”群众演员特别配合地哭声四起。

水的颜色变成了深黑色，乌云密布，瞬间我感到很崩溃。在旅途中感觉自己要死这档子事，是很背，但是这已经不是第一次。当“旅行变成一场葬礼”成为习惯思维后，似乎也没有那么悲伤。我就这么在疯狂和冷静交织的甲板上无望地等待着。

两个小时后，在暴风雨的覆盖下，我们终于到达了彼岸。

斗牛

西班牙 | 马德里

站在马德里的斗牛场外，一种悲壮的感觉油然而生。斗牛是西班牙的国粹，这种残酷的运动，在一些人看来是伟大的艺术，是用生命演出的带有死亡气息的艺术。之前我从来没接触过斗牛，对斗牛的印象就是上大学的时候，有个同班同学看过海明威的《死在午后》痴迷上了斗牛，那时候北京电视台经常在半夜放全场的斗牛录像，他便想尽办法要到有电视的地方去看。

对于一个不了解的事物，人其实往往是没有恐惧的。面对着斗牛场门口两尊斗牛士的雕像，我做了最后的深呼吸，集聚好了喊“olé”的力气，和平常出外景一样，带着好奇和笑容，义无反顾地进了斗牛场。

而接下来发生的一切，就可以用下面这句来形容了，那就是：高高兴兴进场来，哭哭啼啼出门去。虽然有对鲜血、利器、死亡的警惕，以及对残忍的心理准备，但是现场给我的冲击，还是远远超过了我自己的想象。

马德里的天气很干脆，冷或者热都来得快也去得快。午后是一天最热的时候，阳光猝不及防地直勾勾晒过来。可容纳 2.5 万人的文塔斯斗牛场只稀稀拉拉坐了一半观众，烈日下，一场死亡的双人舞开场了。

穿着华服的斗牛士们雄赳赳气昂昂地入场了。一场斗牛要由 3 个斗牛士以及他们的助手来完成，共斗 6 头公牛。看斗牛比赛的观众分为两种，一种是关注人的，他们为斗牛士摇旗呐喊，赞美他们英勇；另外一种是关注动物的，他们为一次次倒地、已经鲜血淋漓还要挣扎着起来的公牛喝彩。只要坐在这里，你注定要为其中之一大喊出你的“olé”。

斗牛士们的样貌根本看不清，不过长得帅不帅对于斗牛士根本不重要，他们需要的是勇气和技巧。每个斗牛士看起来都是很沉闷的性格，踩在死亡线上，不是谨慎小心的性格才怪。

当雄壮的公牛冲出来的时候，观众的掌声和叫喊声明显要高过斗牛士们出场的时候。上场前，这些公牛被关在黑暗的空间里，几乎到了顶点的烦躁情绪在冲出场的那一刻得到宣泄，而全场观众的热情也得到释放。

但是这种释放正是另外一种情绪的囚禁。每个人的神经都紧绷着，公牛与斗牛士之间的紧张像一张无限大的网，严严实实扣在了斗牛场上空。助理斗牛士拿着粉黄双色的旗子，不断地挑逗公牛，消耗它的体力。以前我以为牛是因为看到了刺激它的颜色才会玩了命地冲过来，可工作人员告诉我说，其实公牛对颜色没有什么感觉，它只对快速移动的物体有感应。

你会发现斗牛一开始双方的路线很有趣，助理斗牛士几乎就是沿着斗牛场的边缘晃动旗子，适时地躲避。牛冲过来时，他们跟捉迷藏似的闪在挡蔽板后面，然后就那么默默地盯着公牛，感觉前半场他们都是在防守。而公牛的表现就完全不同了，它毫无战略战术地从头战斗到结束，直到鲜血直流轰然倒地的那一刻一直满血状态，在场地里狂飙横穿。公牛跑起来的时候，掀起一浪浪尘烟，仿佛有千军万马。整场斗牛中，公牛走过的路，比斗牛士们加在一起的都要多，它不懂得保留体力，从不收敛，就是纯粹的勇猛，执拗得让人想哭。

几个回合下来，公牛的身体就不再完整。马背上的长枪手不停地刺中它，黏稠的鲜血流出来了。鲜血刺激着观众的神经，全场开始欢呼。被激怒的公牛狂奔着冲向长枪手，也一次次撞倒场地的围栏。

西班牙斗牛，是一场勇者的对决。然而斗牛士的勇敢，与鲜血淋漓的公牛的勇敢是完全不同的。斗牛士是明知危险还要冲上去的勇者，而公牛是完全不知道危险、出于本能血战到底的勇猛。斗牛士在使用计策一步步靠近公牛，用长矛、华镖刺中它的时候，这个庞然大物只是不断地冲向自己的对手。

西班牙斗牛和葡萄牙斗牛不同，公牛一定要在比赛中死去方可结束。被鲜血刺激，被烈日刺晒，我的眼泪忍不住涌了出来。斗牛表演，我这辈子也不想再看一次了。有些事情，不知是因为好奇还是别的什么，你总想经历一次，但是一次已经足够了。

旁边的西班牙男孩问："怎么哭了？"我说："这不公平。"想不到年轻的他竟然回复："不公平，但是，也公平。"

海明威说，生活与斗牛差不多，不是你战胜牛，就是牛挑死你。这就是西班牙斗牛的残酷，也是它的不朽。

后半场变得精彩起来，双方都在危险的境地里向彼此靠近。花镖手从容不迫地重复着随时有可能令自己丧生的近距离攻击。满场响起"olé"的呼喊，那是在为斗牛士完成了一个又一个精彩的动作喝彩。

身上插满花镖的公牛站立在场地中央，鲜血浸润了它黝黑的皮毛，它昂首站立着，丝毫没有退却的意思。怒火中，它警惕地观察着周围的动静。正式的斗杀就要开始了。

刺杀要由主斗牛士独立完成，在刺杀前他要进行非常危险的，也是全场比赛中最具观赏性、最让观众兴奋的一系列动作。展开斗篷，与公牛周旋，逗引它进攻，然后一个漂亮转身，随之是震耳欲聋的欢呼。我们看到的大部分英姿飒爽的斗牛士照片展现的都是这一个环节。这是西班牙斗牛中最华美的高潮，是死亡前的绝唱。

愤怒的公牛此时已经耗尽了力气，它一身鲜血，进行最后的抗争。在掌声和欢呼声中，它一次次站立起来，但是已经没有了力气冲上去。空气中能感受到它急促的呼吸，我已泪奔。

这一刻，我看见了死亡。为了生命的尊严而战，死亡不可避免。回北京后很长一段时间我都萎靡不振，一个生命在你眼前，就在一瞬间从充满活力到没了气息，让还是头一回面对真正的死亡的我，很难接受。

斗牛士以一剑刺穿了公牛的肩胛骨直到心脏。公牛像慢镜头一样倒地，500 千克的体重在倒下的瞬间竟然悄无声息……

海明威说，勇气的气味是烟熏的皮革的气味，是一条冰冻的大道的气味，是大风撕裂浪尖时的大海的气味。

这个味道弥漫在整个马德里的上空。勇气不只属于人类。

GIVE YOURSELF A CHANCE,ENCOUNTER WITH THE UNKNOWN

4

LINZI DALE

把自己交给世界 与未知相遇

旅行让我上瘾，它让我见识了这个世界，见识了很多可能性。它也给了我很多附加值，能让我顺便喜欢上音乐、喜剧、绘画和建筑。让我能从更多的角度欣赏这个世界，分享世界的乐趣。这是旅行给我的。这世界上所有的艺术都是相通的，而旅行也是一种艺术。只要你走出家门，开始旅行，你就把自己交给了这个世界，和那些未知相遇。

拜访碧昂斯的老师

西班牙 | 巴塞罗那

在柏林的日子，每天的天气都很不好，阴冷又雾蒙蒙的，出门都要戴手套，否则就只能一直把手插在兜里，不敢拿出来。尽管柏林的冬天这么让我不习惯，可我每天还是一睁眼就想往外跑，舍不得把时间花在温暖的房间里。让身体温暖和舒适的地方哪儿都有，可是柏林，真想多看看它，每一眼都不同。

都说每个城市都有它的气质，但是其实很少有城市真的有气质，特别是那种经过历史沧桑后，又沉淀又包容而且还朝气蓬勃的气质。欧洲的城市，复古的匠气都比较重，少有像柏林这样有都市气息的气质。柏林还是个太年轻的城市，城市里有好玩和奇怪的人，德国人总是说：“你太奇怪了，你应该去柏林。”

柏林是我去过的最友善的欧洲城市，和不爱说英语，甚至也不喜欢外国人说法语的“事儿妈”巴黎人不同，柏林人都说得一口流利的英语和法语，他们可以很耐心地听着游客一个单词一个单词地往外蹦，并且努力地通过画画、写字来想办法持续交流。柏林人是友善的，这种经历了创伤的友善弥足珍贵。所以我那么喜欢这里，想把在这里的每个小时都过出花样来。

我去柏林墙，去博物馆，去看街头涂鸦，和流浪的艺术家们攀谈，在超市里闲逛，然后在一个精疲力竭的午后走进了一家爵士餐厅。虽然已经过了吃午饭的时间，餐厅里还是有不少顾客，一水儿白皮肤的欧洲人种，我是唯一的黄皮肤，除我之外，还有一个比我更引人注目的黑人，他就是 David。

很自然地和 David 熟络起来后，我们索性合并了桌子，一起吃饭。David 是个住在柏林的美国人，50 多岁，但是看起来很年轻，黑人的年龄感本来就不是很强，他们看起来都又强壮又有活力。David 说他曾因为工作去过中国。我顺便问起他的职业，这一问，太不得了，答案让我差点儿把手上的刀叉扔了。

David 是美国著名的音乐人，是巨星碧昂斯的音乐老师。

这个答案太超出我的想象，怎么我随便进了间餐厅吃饭，就遇见了全世界都尊敬的一位大师呢？知道了 David 的身份后，我就无法再和他正常交谈了，崇拜让我变得语无伦次，不敢相信这个事实。这完全是在计划之外的相遇。

柏林是艺术家都爱的舞台。在这里艺术不是高不可攀的殿堂之作，而是丰俭由人的生活必需，可以在柏林爱乐音乐厅欣赏顶级古典乐，也可以在破厂房改造的小剧场看一场独立话剧。David 说一直是直觉在引导他做选择，是内心小小的召唤告诉他要来这里。当然了，他开玩笑说，除了柏林，他当时真的不熟悉德国城市。

这顿午餐吃了太长时间，但我还是意犹未尽，有很多话想听他讲。一个阅历丰富的艺术家，每句话都是用他的人生总结出来的，就是我们中国话里说的“听君一席话，胜读十年书”。听 David 对音乐侃侃而谈，讲发声，讲欧美流行乐，胜过我学生时期上过的所有音乐课，以及我看过的所有音乐杂志。

David 应该见识过不少想向他讨教音乐的学生，但是像我这样零基础竟然求知欲如此强烈的恐怕也不多见，David 起身要离开餐厅时，竟然邀请我去他家。

有时候我们的选择，并非深思熟虑的结果，而是听从了内心的召唤。每个人内心都有一个小小的召唤，总有一个声音在告诉自己真实的渴望，可是我们，已经听不到那个声音了。David 的话让我内心那个小小的声音又跳了出来。一次丰实的旅行，需要精神富足的人给你莫大的启示，这是可遇不可求的。

其实我没有奢望可以去大师的家中拜访，他和我说的每句话已经都是礼物。

David 现在在柏林教学，已经成功地帮助 7 位年轻人发行了他们的唱片，而这些人都已经是德国的顶尖歌手。柏林真是我的幸运之地，遇到 David 的过程，就像村上春树在《东京奇谭集》里写的故事，正想着某个自己喜欢的曲子，酒吧里竟然就有人弹奏了出来。这是我在柏林度过的最难忘的下午。

我对 David 如此感兴趣，并不是因为我对流行音乐迷恋、对碧昂斯痴狂，而是我对各种各样的人感兴趣，特别是在自己的领域专心做事的人。这样的人身上有一种我模仿不来的东西，我说不清那是什么，但是它闪耀的时候我能清晰地看到。凡是我遇到的这样的人，都有这样的光辉。

每当这个时候，我就会对自己说："你看，这就是世界。"世界之大，无奇不有。只要你走出家门，开始旅行，你就把自己交给了这个世界，去和那些未知相遇。

David 的家在柏林一座公寓的顶层，非常美式的风格，墙上挂满了海报，桌上摆满了他和各界音乐人、学生的合影。大师的家，就是有气场的，教音乐的，说话就是有底气，自从得知他的身份后，我听他说话、听他笑，都感觉他用了特殊的发音方式，这大概是我想太多了。

David 对柏林的生活很满意，反正无论在哪里，他都在教他的音乐。他说柏林这么吸引艺术家，可能是因为它是个悲伤的城市，有悲伤的过去，有还没有完全愈合的伤口，而艺术源于伤痛。不疼不痒的音乐永远不可能成为艺术。

听他这么一说，我好想让他教教我唱歌。David 说没问题，就唱全世界人人都会的那首生日歌吧。在柏林的一间公寓里，国际巨星碧昂斯的音乐老师一句一句地教我唱 Happy Birthday。他用完全美声的唱法演唱时，我忍不住要笑出声儿，这么不着四六儿的教学，老师你是针对我吗？整个下午我都沉浸在一种满足的幸福中。

那天下午，是德国女高音 Dora 来这里上课的时间，她穿着朴素的黑色连衣裙，带着自己的钢琴师。练习一开始，我就告退了，怕影响他们教学，而且也是时候结束我和大师的一面之交了。

重新回到柏林的街道，又呼吸着柏林自由又冰冷的空气，终于感觉接了点儿地气。如果老是跟巨星混，这日子就总是晕乎乎的没法过了。

我忽然想到，我究竟为什么来柏林呢？我的每一次启程，似乎都无法选择，因为工作来到一个又一个陌生的城市，但是我也从不把在这里的日子当作工作，我尽可能地去享受在这里的每一顿饭、和陌生人的每一次交谈。也正因为这样，我才更加爱我的工作。别人努力工作就是为了能有时间去旅行，而我的工作就是努力地旅行。

三毛之后的撒哈拉

阿尔及利亚 | 撒哈拉沙漠

上学的时候，读了三毛的《撒哈拉的故事》，就一下子爱上了三毛还有她书中的撒哈拉沙漠，但是我从没有想过，长大后我会真的来到这个少女时代最向往的地方。三毛是我最爱的女作家之一，她的书伴随我度过了青葱岁月，所有关于幸福、爱情、爱人、沙漠、冒险、流浪、有趣的启蒙都源于她的文字，一个给予你青春梦想和构建你青春回忆的人的一切都是魅力无穷的，当我踏上撒哈拉沙漠，第一个想到的就是三毛。

小时候，我并不知道三毛书里提到的那些人有很多都是居住在沙漠里的北非原住民柏柏尔人。我只记得那些有趣可笑的片段，4 年才能洗一次澡，用石头片把身上的泥刮松了才能用水冲，洗过澡了看起来还跟没洗一样，这些人原来是柏柏尔人。

我在北非的第二站，便是跟随向导，去撒哈拉沙漠腹地寻找柏柏尔人的家。如果不是因为沾了工作的光，我可能永远也不会有勇气踏上这样的旅程。那样，我年少的梦想也永远不会实现，曾经读过的故事也不会再度变得清晰可见。

导游一开始并不愿意带我们去寻找柏柏尔人，他在职业生涯中也仅仅来过撒哈拉沙漠两次，而且找到柏柏尔人的居住地并不是一件容易的事，每一次对他来说都是对体力极限的挑战。

这话一说出来，大家的心都凉了一半，只有我热情不减，怀揣对心中偶像的崇拜，继续在沙漠前行。车开了将近 3 个多小时，我们看到了沙漠中的一片绿洲。向导说，应该差不多了。因为柏柏尔人向来是依绿洲而居。果然又开了不到 1 分钟，几个零零散散的帐篷就出现在我们的视野里了。柏柏尔人的家，在我们深入撒哈拉三个小时后，终于被我们找到了！

走近了才发现，所谓“帐篷”不过是很简陋的棚子，甚至还比不上宜家里卖的供小朋友游戏的儿童帐篷，就是几根棍子上面搭了块帆布而已。

长途跋涉后的疲劳，加上将近 50℃的气温，让我一阵眩晕。还好这沙漠软软的，就算晕倒了也好像倒在了大席梦思上，没什么可怕的。向导让我把脖子上的围巾展开戴到头上，这样多少能抵抗一点儿大太阳的凶狠照射。

柏柏尔人虽然腼腆，但是一点儿也不怯场，看起来有丰富的接待游客的经验。连小孩子玩的动物模型玩具都是正版的SAFARI，小朋友说这是游客送给他的，他很喜欢。看来全世界的孩子都一样，喜欢的东西也没有差别。

进入柏柏尔人的家可真简单，连门都不用敲，沙漠就是他们的三室一厅。帐篷下，铺上好看的地毯，白天是客厅，晚上是卧室。我正纳闷这里晚上怎么睡觉呢，柏柏尔人家的那位姥姥说了，这里可舒服呢，这沙子软软的，能做个好梦，她一辈子都是睡在沙子上。嚯，我的姥姥。无论如何这些歪歪扭扭的四角帐篷也无法让我有家的感觉，可是感觉他们并不在乎家的形式，只要和自己的家人在一起，有水喝的地方就是家。

我们拜访的这一家，有小朋友、妈妈和姥姥，家中的男丁外出谋生，留守儿童和留守女士们坚守着自己的家园。每两周，政府都会派车来这里寻找柏柏尔人，送水和一些补给品给他们。在沙漠里，水是比黄金还珍贵的东西。

姥姥主动要求领我去看看她们存水的地方，你别说这老太太身子骨还真硬朗，健步如飞，比我姥姥身体强多了，我跟在她身后，一路小跑。

在树下，还算有些阴凉的地方，姥姥掀开一大块布，下面是一大桶一大桶的水，有些水还装在防热的橡皮袋里，树上还挂着个用骆驼皮做成的水袋子，这就是这个家里最宝贵的东西了。这里简直就是她们的小金库啊，轻易就领着我来看，岂不是露财？

吃饭时间快到了，赶紧去厨房看看吧。这厨房就在大树下，其实一里地以外就能看见了。女主人正在用珍贵的水洗菜、刷碗、煮饭，她很节省，每次就只倒一点点，慢慢擦洗，真是柏柏尔的模范媳妇。

她们日复一日地重复着同一餐内容，原料就是永不变化的土豆、洋葱、胡萝卜。这老三样怎么可能天天吃？可是柏柏尔人似乎没有这种烦恼，食物的匮乏对她们来说真的不是什么问题，沙漠飘来五个字：那都不是事。大人小孩围坐在帐篷里，热腾腾的洋葱土豆胡萝卜一锅烩就上桌了。都不知道她们这是第几百次吃这道菜，但是看上去她们还是吃得津津有味的。姥姥说："好吃的，你要不要尝尝？"

我绝对不是嫌弃这简单粗糙的一餐，而是不忍心再分走她们盘中的食物，原本就俩星期才能补给一次的。姥姥可能也是不知道我的饭量，要不万万不会贸然邀请我用餐。

拒绝了用餐的邀请，没想到的是，这一家人竟然实诚地给我们泡上了一壶茶，要知道这可是柏柏尔人待客的最高规格了。我怎么忍心喝那一杯茶？

我本来想问问姥姥她多长时间洗一次澡，几次话到嘴边又咽回去了，感觉问这个不太合适。我只是好奇，想知道三毛书里写的柏柏尔人洗澡的有趣情节是不是依旧存在。向导笑着说，这问题还用问吗，都写在她们脸上呢。

柏柏尔人习惯了这里的生活，似乎也很享受这里的生活，他们不愿意搬到市中心去。姥姥说，从出生起就住在沙漠里，从来也没想过要到城市里去生活，她说城市里太乱，没有沙子她不能睡一个安稳觉。当我觉得一个抽水马桶是生活的必需时，还有人在依靠沙子睡一个好觉，生活竟然是那么不同。

向导告诉我们，确实也有不少柏柏尔人因为生活所迫，因为对城市的渴望，放弃了沙漠，他们在小镇里已经建起了自己的家园。但是无论什么时候，他相信一定会有一部分固执坚持的柏柏尔人愿意留在这里生活，他们热爱这里的生活，他们离不开沙漠，也从未想过离开。

拜访柏柏尔人的家，实现了我的一个梦想，仿佛在偶像的世界里走了一遭。虽然柏柏尔人对撒哈拉沙漠的感情是我不能理解的，但是我在一餐一茶中能感受到他们简单的快乐。哪里有水，哪里就有柏柏尔人；家人在哪里，哪里就是他们的家；他们眼里的世界，比我眼里的还要大。

23 岁的生日

阿尔及利亚 | 阿斯克兰

存在感，可能是我们生活在这个世界的意义之一，我们需要感觉到自己被别人认同，被别人需要。所以，刷存在感这个事儿，应该也是我们渺小人类为了给自己安全感，不得不做的一件事。

一年中，没有哪天比生日这天更让人觉得有存在感了。小朋友都喜欢过生日，还不是因为生日那天全世界都围着他转，他是宇宙的中心，吃好吃的，收礼物，全世界都顺着他，犯了错误上帝也会原谅。这样的生日，我们都过了好多年，渐渐地，也麻木了。我也长大了，不再那么渴望是别人的第一、世界的中心，我也知道那怎么可能啊，我连这世界都还没看够，怎么知道它的中心在哪儿呢？

过生日这件事，在我看来，更多是过给别人的，是别人在庆祝，在这一天告诉我他们还记得我、在意我。当然也很幸福，但是对于寿星本人，生日除了又长了一岁的事实外，也着实没什么值得庆贺的，它和365天中的每一天都差不多，日升月落周而复始。美女们会觉得生日是一个残酷的事实，她们过了18岁就不再愿意公布每次生日的实际年龄，询问成年女性的年龄，也被认为是不礼貌的。我却是个从来不为年龄担忧的人，无论在什么场合人家问我多大啦，我都如实回答，不管我是十几岁还是二十几或者三十几直到我五十几，那又有什么呢？谁说美和自信只属于18岁和20岁呢？再说了，18岁和20岁时傻了吧唧的有的是啊。年龄，不应该是一件需要隐瞒的事，应该是一件让你充满智慧的值得高兴的事。

2010年4月19日，我的生日是在撒哈拉沙漠里过的。尽管我的余生还剩下未知的不少年，可我已经可以负责任地说，这个生日是我一生中最最难忘的生日，空前绝后，再也不会被超越。

看着三毛的《撒哈拉的故事》长大的我，对于撒哈拉沙漠有着难以言表的向往，当多年后，我带着实现梦想的冲动踏上这片土地时，那些曾经充满魅力吸引了我多年的文字，一股脑地跳出来。我兴奋地跟同行的伙伴们描述三毛当年是如何描述这里，她遇到的人是多么有趣。

我逢人便说，拉着当地导游也说个不停，我跟他说，有很多中国人都是通过一个女作家的书才知道撒哈拉沙漠的。他张着嘴，有点儿不敢相信，问那是一本什么书啊。我说是本有趣的书，看了它，撒哈拉沙漠就成为了我的梦想。他说这里只有沙子和骆驼，这里不是彩色的，梦想应该是彩色的。我才不管，这里，就是我的梦想，梦想只分有还是没有，不分彩色黑白。

撒哈拉沙漠形成于 250 万年前，是世界上最大的沙漠。整个非洲面积的 1/3 都是撒哈拉沙漠。

我们停留的地方是阿尔及利亚境内的撒哈拉腹地阿斯克兰，它在省城 80 多公里外，在这里看到的景象，是我从未见过的也是永远不会忘记的，尤其是在我生日那一夜看到的。

想起当年读三毛的“每想你一次，天上飘落一粒沙，从此形成了撒哈拉”，当时觉得这么浪漫的句子她是怎么写出来的啊，崇拜得五体投体，半夜爬起来记在小本上，惦记着有一天自己谈恋爱的时候，千万得记得用上这句。现在我早就到了该恋爱的年纪，不仅觉得写这样的句子太不好意思，而且，连谈恋爱的时间都没有了。

但是身临其境后，我的系统马上就和这环境通联了，迅速切换到了三毛附体状，满沙漠狂奔后大喊“这是思念的沙”。导游和司机宽厚地微笑着，同伴们当作没看见，毕竟这是全世界气候最恶劣的地方，犯点儿什么病也不是不可能的。

但是这“思念的沙”并不是海滩上被海水无数次冲刷、赤脚踩上去柔软稀疏的沙，如果沙子有性别的话，那沙滩上的沙就是女性，而撒哈拉沙漠的沙一定是男性。海滩上的沙子是圆润细滑的，沙漠的沙子是粗糙干涩的。但是我还是脱下鞋，让双脚陷进沙子，感受哪怕一分钟的和撒哈拉沙漠的亲密接触。沙子静静地滑过来，又干又热，包围了我的脚。导游说，这样静静待一会儿可以，但是不要赤脚走在沙漠里，沙子里有时会有一些有刺的植物。“或者，”他停顿了，面部表情丰富起来，“或者会踩到骆驼的大便。”我说那好啊，那不是幸运的象征吗！导游说：“你要是踩到了。我就会这么安慰你，但是美丽的姑娘，我还是希望你别踩到。”嚯嚯，看人家导游这素质，都是两手儿准备，plan A 不行就上 plan B。

夜幕降临的时候，司机肯尼把车平缓地驶进了主峰的大本营，然后第一个跳下车，开始帮我们全剧组拿东西，不光帮摄像师拿三脚架拿器材箱，也执着地要求帮我拎行李。因为语言的问题，我们一路几乎没有说过话，每次眼神对视，他都微微一笑然后垂下眼睛，和他驾驶吉普驰骋在撒哈拉沙漠的自信神态完全不同。他坚持要帮我，我也拗不过，痛快地撒手了。

我两手空空走在后面，导游说："你知道肯尼为什么要这么帮你吗？"我惊讶地摇摇头，难道这还有特殊原因？导游说："他说今天是你的生日。"

听到这句话的时候，我内心中有某个东西快要融化了。多年后，每次想起肯尼的时候，我都记得他温和又有点羞涩的眼神。旅行中，有很多美景会让你难忘，但是真正能打动你的，是人情。当回忆起来的时候，如果你能会心一笑，这就是个永生难忘的好地方。

而此时的寿星，已经几天都没有洗澡了，头发衣服里都是沙子，基本到了虱子多了不咬债多了不愁的地步，每天出门根本不用照镜子。我想，都这副模样了，就甭过生日了。但是大家说，还是要的。

返回到大本营，我们迅速吃饭，因为 8 点就要熄灯，况且这掺着沙子的饭实在难以下咽，速战速决是最好的选择。饭后，剧组里的同事们，还有肯尼和导游，准备在帐篷里给我过个简单的生日。生日蛋糕就甭指望了，不知道他们从哪儿找来一个苹果，权当蛋糕了，肯尼还拿来几根白蜡烛点上，恍惚间我也分不清是我的生日还是祭日。一片混乱中，我匆匆吹了蜡烛，切了苹果，大家每人一口分着吃了。然后进入了本次生日派对最国际化的部分，就是亚非人民同唱一首生日歌。先是英文的，再是中文的，然后是阿拉伯语，可这也就唱三遍啊，无法撑起这熄灯后漫漫长夜里的沙漠派对。于是，我们分成了互助小组，我们教导游和肯尼唱中文的，他们教我们唱阿拉伯语的，导游因为会法语还教我们唱起了法文的生日歌。一时间，各种语言的生日歌响彻撒哈拉沙漠的夜空。

当地人都是日落而息，可是要让我一个都市女子天黑就趴窝，真的不甘心，大家各自散去后，我打着手电走出了帐篷。

在我踏出帐篷的一瞬间，撒哈拉沙漠的魔力扑面而来，令我猝不及防，好像被施了魔法，眼前的一切都是那么不真实，我忍不住感动得哭了。以前我只是吃到好吃的东西感动到要哭，这一次真的是被美景震撼到止不住流泪。

只见沙漠的天空中满满的繁星，一颗颗硕大透亮，钉在天幕上。我这辈子也没有见过那么多的星星，我怀疑自己身处银河而不是沙漠，白天的沙漠已经完全不见了，只有繁星苍穹笼罩着我，我也是它们当中的一颗。这个繁星聚会的生日派对是大自然给我的最棒的生日礼物。

那个时刻，我只能感叹人类的渺小，自己和一棵树、一块石头、一根草没有区别，那种感动是发自内心的，脑子里一片清明，豁然开朗，所有的烦恼都清零了。

周围静悄悄的，灯光都熄灭了，只有星光照亮大地。我相信，人类虽然各不相同，但这一刻，仰望星空却是唯一的不约而同。我像个喜欢芭比娃娃、爱看童话故事的小女孩一样，开始默默和星空说话，说了好多好多。每一颗流星划落，我就赶紧许下一个心愿。此时此刻，我离天空那么近，它可以听得到我的每个祝福。

窗外，每天都有黑夜；黑夜，一天比一天漫长，唯有繁星照亮来路。我无法奢望自己每天都能享受这种美好，能在我 23 岁生日的那天，在撒哈拉沙漠度过这样的一个晚上，已经死而无憾。我终于明白为什么三毛那么爱这里，还有那么多人终生眷恋着这里不肯离去，因为他们的心已经住在这里了。

马语者

美国 | 丹麦村

流行看电影《马语者》的时候，我还小呢，连马语是什么意思都不知道，同学跟我说，就是和马说的话，敢情还是个小语种。而且当时听说它是个爱情片，爱情这两个字那时候还不如去吃一顿麦当劳有诱惑力。所以说，有些东西，它出现的时候，不一定是适合你理解它的时候。

几年过去了，我也有了自己喜欢的人，也第一次经历了失恋的肝肠寸断，在一个无所事事、需要做点什么打发时光的晚上，我在 CCTV-6 看到了这部《马语者》。蒙大拿的风光，优美的音乐，发乎情止乎礼的一段爱情，让我整个晚上都在泪奔。

“whisper”真是个温暖的词，每次读这个词，都觉得自己的温柔值很高，读它的时候，要像这个词本身的意思一样“轻声细语”，轻柔得如同呼吸。这是少有的我从发音就开始喜欢上的英文单词。

多年后，我在去往旧金山途中的一个小镇上，竟然拜访了一位真正的horse whisperer。这个普通的小镇是丹麦村，3个丹麦人100多年前买下这片土地，把它还原成丹麦童话里的样子。就在这里，我认识了Monty Roberts。

第一眼见到Monty，我们就被镇住了。他穿着海蓝色的衬衫，戴着牛仔帽，虽说美国的老人普遍显得年轻有活力，但他健步如飞，说话逻辑清晰又幽默风趣，怎么看也不像80多岁了。

走进Monty的家，我们全剧组又惊讶了，这哪儿是一个家啊，这简直就是一座博物馆。家里陈列着各式各样、各个年代的马具，它们有着几百年的历史，有很多还陪伴他夺得过冠军。

我问这个老牛仔，为什么叫作cowboy的牛仔却是骑马的呢？历尽沧桑的Monty完全没有嘲笑我愚蠢的问题，他很认真地说，牛仔虽然骑着马，但是他们都是骑着马去赶牛的，当然是牛仔了！

我也问过别人好多次这个问题，真的给出正确答案的其实并不多，所以我的问题也不算愚蠢。在旅行中，我的问题出现时，我从来不会权衡问出来会不会被别人笑话，只会直接问出来，反正知道的就说知道，不知道的就问问呗。

这个家庭博物馆里，还收藏了很多英国女王伊丽莎白写给 Monty 的信，如果不是因为伊丽莎白女王的鼓励，可能 Monty 会放弃这个事业，放弃自己的这个神奇的能力。

Monty 驯服过无数的马，他在全世界 30 多个国家传授过自己的驯马技巧，几乎世界上所有的驯服不了的马都会被送给他去训练。他还把这种训练马的技巧用在与人的沟通和心灵疏导上，我见到他那天，他刚刚成功地说服了一个要自杀的人。如今 Monty 把更多的精力都放在了帮助人上，他不仅是一个驯马师，更是一个了不起的心灵治疗师。

Monty 是丹麦镇上的名人，大家都知道他。镇上的人说，他是个不可思议的人，他帮助了很多马、很多人，他能听懂我们根本听不到的语言。

Monty 出生在美国西部一个牛仔家庭，他的爸爸是个很有名的牛仔。虎父无犬子，在老爸的调教下，小 Monty 4 岁时就获得了骑马比赛的冠军，那可是 16 岁以下少年组的比赛，在一群策马扬鞭风华正茂的少年中杀出重围，Monty 年仅 4 岁就已经做这么酷这么帅的事了。回忆时他的目光里闪烁着亮光，如今眼前这个80岁的老牛仔，此时却是此间少年。

这么牛的小牛仔，一定从小就受到牛仔叔叔们的喜爱吧？Monty说"no！ no！ no！"，完全不是。在他小的时候，驯马师们采取的方式根本不是"驯马"，而是"碎马"（breaking a horse），听这个词就知道有多残酷了，要不停地打它们、骂它们、折磨它们，最终让它们屈服。

6岁的小Monty跟爸爸说，我可以不用鞭子，就让它们听话。他放下了鞭子，和马对视，接触它们的身体，最后顺利地骑上了马。

可是他的爸爸气坏了，他觉得Monty这么小，不用一鞭一棒就能让马听从指挥，一定是内心里有魔鬼。我说这位牛仔老爸你是什么逻辑啊，听得我还挺生气。

Monty的老爸把他一顿胖揍，真的是往死里打，正当壮年的牛仔下手，指不定有多狠，反正Monty在12岁前被打断过3次肋骨，骨头总共折了72根。

但是倔强的Monty坚持自己的方法，他拒绝用对马不公平的野蛮方式来迫使它们屈服，他想要做的是改变马的心，而不只是马的行为。而且善良的Monty也理解爸爸的做法，因为新的驯马方式是对他做了一辈子的事情的质疑。

在Monty家的马厩里，我还有幸亲眼目睹他驯马的过程。一个男人无论多大年龄，只要在做他喜欢的事情，那专注的样子都是最迷人的。80 岁高龄的 Monty 和马在一起时，表现出来的自信是无与伦比的，而且充满了力量。一个男人最大的魅力就是他的力量，那种能感染别人、化解一切的力量。

他有一个驯马的小技巧让我记忆犹新。每当马转过来面向他的时候，Monty 就故意转过身，背对着马，这时马就会走开，当马再转过来与他面对面时，Monty 就再度转过身，他的动作缓慢柔和，看起来并不是要逃避和马的对视。我问他为什么要这样，他说对于马来说，人背对着它们是一种让它们感觉最安全的方式，用这样的方式它们会慢慢明白人是安全的，不会伤害它。

这是个多么简单又温暖的道理。像对待人一样，如果我们都用对方需要的安全的方式来交流，对方就不会感受到我们的任何敌意，会在舒适的方式里接纳我们。

我觉得 Monty 是个传奇，如果不是亲眼所见，我会以为这样的人就只会出现在电影里，Monty 就只应该是《马语者》里的 Tom。但是这个世界存在着各种传奇，是旅行让我见证了这些传奇、这些奇迹，让我相信这个世界的神奇和人的力量。

我得告诉你们，我在丹麦镇拜访的这个 Monty 其实就是电影《马语者》里 Tom 的原型，是的，我真的见到他了，和电影里的罗伯特·雷德福一样迷人。

临走的时候我悄悄问 Monty ：“电影里 Tom 和 Annie 的故事也是发生在你身上的吗？”他像个慈祥的老人那样笑了笑，说：“那只是电影啊……”

我其实已经有了答案，而且我知道，如今的 Tom 有个幸福的家。

从丹麦镇离开，我们继续踏上了去旧金山的一号公路，路上大家谈论着 Monty 先生的故事，大家都说他要是还是电影里的年纪该多好。可是每个人都会老去的，不是吗？只要你拥有智慧，拥有故事，年龄只是你生命的注脚，无论什么年龄都会有人爱你。

濒危的贵族

法国丨布尔日

在如今的法国，还完好地保留着很多几百年前的古堡，而住在里面的就是我想来想去也不会与之有任何交集的贵族。贵族在我看来就是一群有着高贵血统，过着富足无忧的生活的人，他们的生活就像《唐顿庄园》里那样，喝喝酒、吃吃饭、弹弹琴、跳跳舞、发发呆、谈谈情，这小日子想必很舒服。不过他们也总得装模作样地维持着贵族的姿态，不能大口喝酒大块吃肉吧。所以虽然羡慕他们的富足生活，但是我肯定还是过不来那样的日子，也就别想了。但是羡慕，一定还是有的。

山的荣誉，是别人给的。山并不知道，它，也不在乎。贵族也是。

在我们国家，好像已经没有真正的贵族了，除了几个传承下来的贵族姓氏，我们也不曾了解真正的贵族到底是什么样。非让我说，离我最近的，也不过就是早年间提笼架鸟的八旗子弟了。我们是社会主义国家，怎么能有那么贵的贵族呢？

在古代的法国，要成为贵族，拥有一个城堡，要么靠世袭（你得有一个有大城堡的爹），要么依靠君主封赏。而在现代的法国，可就容易多了，有钱就成，你可以在网络上跟买一双鞋似的，买一座城堡，到底是要13世纪还是15世纪的，土豪，你说了算。

法国这个充满现代感的国家，还保留着古老优雅传统的另外一面，在这一面的故事里，就有好多好多的城堡，好多好多的贵族。在法国中部的布尔日，我有幸在一日内，认识了两位古堡的主人，而他们两个是截然不同的贵族风格，让我对法国的贵族有了新的认识。当然了，我原本就没有“旧的”认识，这是我第一次认识法国贵族，他们也是我唯一认识的两个。只能说他们互相刷新了我脑袋中由另外一位建立起来的贵族形象。

这两位贵族，一位是严肃执着的侯爵先生，一位是活泼时髦的沃格先生，除了他们的贵族身份，以及都拥有一座价值连城的古堡，他们就不再有任何一点相同之处了，他们之间的交集仅比我和贵族之间的交集多那么一点点。

对于远道而来的我，两位贵族先生都非常欢迎。

维里城堡的沃格先生早早就提着雨伞在城堡门口等候我们，远远就看见他穿着一条火红的西裤，这和我想象中的贵族打扮大有偏差，所以反复确认后才敢走过去。沃格先生热情得堪比北京 APEC 上的服务生，这可是一个法国贵族啊。不仅沃格先生根本不把我当外人，他的两条名贵猎犬也颠前跑后地开心得不得了，据说居住在城堡里的沃格家庭对待每个客人都这么友好热情，他们希望客人觉得这城堡也是他们的家。

比起沃格先生，侯爵先生显得矜持有度、严肃认真。去他的美样城堡参观时，由一名历史学家带领我们进入，直到快要离开时，侯爵先生才从一扇神秘的门后现身。他穿着考究的米色西装上衣和普通的黑西裤，戴着一条略显古板的红色领带。侯爵先生话很少，凝视人的时候有一种很冷静的力量，你会不自觉地跟随他的指示。

侯爵先生的美样城堡有 92 个房间，光是窗户就有 300 多扇，要是我化身女仆专门负责在这里擦窗户，就算忙上一整天，也擦不完这所有房间的窗户。美样城堡里最引人注目的画像有两幅，一幅画的是侯爵先生的妈妈，一幅画的则是路易十四那个著名的、琴棋书画样样精通的情人蒙特斯潘夫人，她是侯爵先生的亲戚。

美样城堡中的每件物品都是法国那段历史的见证，现在城堡对当地的小学生们开放，他们可以随时来这里上课，欣赏各种油画，老师也会给他们讲授一些历史故事。不知道这路易十四情人的故事老师们是如何讲的，真想听听呢。刚好有一群小学生在这里参观，不过老师说的是我一句也听不懂的法语，但是看表情和手势，我猜一定不是在讲蒙特斯潘夫人。小朋友，你们还小，等长大了再了解那些也不迟。

沃格先生的维里城堡，如今已经被他打造出 12 个供游客居住的贵族风格客房，每件物品都重现当年的气质，在这里住上一晚，就可以做一天贵族。不过在这儿当上一天公主就得花 450 欧元，当贵族可真贵呢。可我的公主病有点犯了，希望能在这里住上一晚，节目组坚决说不成，导演说我们第二天还要赶去另外一个城市拍摄，于是因为组里赶时间就帮我省了钱，阻止了我的冲动消费，这也是我工作的一大好处呢。

沃格先生说，他这么做是为了让更多人一起分享这个城堡，让他们增添生活中的体验。沃格先生只要有空就会陪伴城堡里的客人，和他们一起用餐、聊天，或者一起在湖上划船，在草坪上打球。说得我那叫一个向往啊，贵族的生活也太完美了。可是真正的贵族毕竟是少数。全世界的贵族圈已经越来越小，尤其是欧洲，未来可能要靠财大气粗的阿拉伯贵族撑门面了。不过法国人那么爱面子，一定会坚守这块贵族沃土的。

两个城堡因为主人的不同，给了我完全不同的感受。美样古堡神秘庄重、充满历史感，而维里城堡舒适浪漫像度假村一样。两位古堡的主人也过着完全不同的生活，伯爵先生已经80岁，独自一人居住在古堡里，坚守着法国贵族比生命更重要的荣誉感；沃格先生和他的家人、宾客每天一起生活，分享着他贵族的快乐。我就站在伯爵先生、沃格先生营造的不同的两个世界的边缘，遥望着他们的生活。

有人说，在法国，真正的富有都依靠继承而非买卖，而真正的快乐可能又是依靠智慧而非富有。这辈子我是当不成贵族了，一天就感受了两种贵族生活已经相当不错了，我知道这个世界上还有贵族在这样生活着，我也就放心了。我放心地当我的柴火妞去了。

这美样城堡、维里城堡，再好我也带不走，那就留下点儿什么吧。唯有我的声音。在美样城堡的小宝箱里，我荒腔走板地唱了两句《甜蜜蜜》，在维里城堡则用沃格先生的三角钢琴认真地演奏了一曲《梁祝》，希望这两首中国人民耳熟能详的曲子可以在法国古堡余音绕梁个几十年。

瑞士的时间哲学

瑞士 | 采尔马特

旅行中，认识了说着各种语言的各个国家的人，有时候难免面对他们的不解和质疑，对于一个游客，故意的刁难和歧视毕竟还是极少数的，而一些发自内心的真诚的对话让我不仅难忘，甚至受益匪浅。

一次聚会上，有个对中国还算了解的法国朋友对我说，在中国，发现大家特别赶时间，寄东西要快递，早餐都是在路上或车上吃，超市结账必须选一条最短的队伍排队，什么都说快点儿快点儿。但是，大家和朋友约会吃饭可以半小时后才到，电影开场10分钟了还有人陆续进来。他问，这到底是赶时间还是不赶时间？

我一时无语。早已经习惯了人人都这么“赶时间”的生活环境，时间对于我们这样人口稠密、交通又如此不靠谱的城市，是最无法掌握的东西。可是我也无法反驳，对于迟到只需要说一句“抱歉抱歉太堵了”就可以赢得全场理解的我们，去争论守时这事儿也太不合适了。

从小，我们就听过一句话，叫：“做个走在时间前面的人”，就是鼓励我们珍惜时间，分秒必争，可走在时间前面这事儿，也只有爱因斯坦和谢耳朵能懂。这句话要是放在瑞士，那又万万不可。严谨的瑞士人会说，不要，几点就是几点，早一分钟和晚一分钟一样是不准时，都是不好的。

在这个火车晚点 15 分钟都会登报道歉的地方，每一分钟都必须是精准的，分秒不差。如果列车时刻表上写的是 11 点 15 分发车，那就绝对不会是 16 分才启动，从站台 A 到站台 B 需要步行 2 分钟换乘另外一趟列车，那中间留给你的换乘时间就是整整 2 分钟。第一次在瑞士换车时，忽略了瑞士人这分秒不差的时间观念，让我差点犯了大错误：换乘要穿过一条马路到另外一个站台，步行的时间是 3 分钟，但是我用了差不多 1 分钟拍了几张照片，就紧张得让我在最后一秒才跳上了列车，行李拉上来时，车门瞬间在背后关上，好险。

世界上最名贵的手表都出自瑞士，连我奶奶都知道瑞士的手表是最棒的。不知道是不是因为瑞士是以制表业闻名的，所以时间的精准就体现在各个方面。而且手表是他们必不可少的工具，在每一列火车上，只要火车一启动就自觉抬起手腕看手表，以确定是不是准时发车的，那应该就是瑞士人，火车进站后，他们会再次重复这个动作。同理可证，飞机起飞时，看手表的也绝对不可能是大大咧咧整天悠闲地在街头喝酒的西班牙人。

在瑞士的餐厅用餐，无论大餐厅还是小酒馆，营业时间都比《新闻联播》还准。如果酒馆营业到晚上 10 点，9 点 55 分的时候酒保就会微笑示意可以下最后一批单了，然后 10 点整最后一个客人会走出酒馆。在瑞士，超过晚上 10 点还营业的餐厅几乎没有。

早就听说瑞士最美的风景都在火车上，来了之后发现果然名不虚传，尤其是体验了从采尔马特到卢加诺的冰河列车 Clacier Express 后，更是明白为什么来瑞士就一定要坐火车了。瑞士是个富有的国家，但是他们交通方式的首选依然是火车，瑞士人平均每人每年乘火车多达 47 次。这么爱坐火车的瑞士人，你们敢在春运的时候来北京试试吗？

想想上学时，买不到卧铺要挤着硬座一路回家的情景，再看看眼前宽敞明亮，有180度玻璃天窗可以看到马特洪峰的冰川列车，一种幸福感油然而生。幸福来得太强烈，我都有点接受不了。

要说这冰川列车真是够慢了，时速不到40公里，怪不得大家都说它是最慢的快车，其实这个速度就是为了观光而设置的，太快了还看什么风景啊，我们那么“赶时间”不也因此丢掉了很多“看风景”的乐趣吗？这一次，我要慢下来，看着窗外的冰川、绿野、小镇、隧道，品尝着列车上的美食、美酒，冰川列车其实就是为游客量身打造的一段精彩旅程。

坐在冰川列车上，抬头就是风景，雪山包围着你，这哪里是在坐火车，明明是在看一场3D环幕电影。而且它慢悠悠的，更像个全景马车。

看着远处云雾缭绕的马特洪峰，同行的某位帅哥不禁感慨，那不就是我们小时候吃不起的那个瑞士三角巧克力上的图案吗？童年的辛酸往事涌上心头，唯有吃能解忧，走，咱们买上它二斤，今晚吃个够！

在国内的时候，我已经很少坐火车了，人多、嘈杂、怕误点，但是在瑞士，我爱上了火车，一路的风景就如同一幅幅画，而且瑞士的火车噪声很小，不用煤和柴油驱动，几乎没有污染。

在瑞士乘火车游览非常方便。你需要的就是一张地图、一张列车时刻表以及一张 Swiss Pass 火车通票。谨记时刻表上的时间，不要抱有任何幻想就是了。火车如果晚点 2 分钟，在瑞士是足以引起公愤的事情了，不准时应该是他们的大忌了，他们的人生不仅没有迟到这个词，也没有早到这回事儿。

要是晚上 6 点半，把一个瑞士人扔在北京三环上，这是不是谋杀啊？

在瑞士的每个火车站，都挂着那个标志性的红色秒针的复古挂钟，这儿始终都维持着统一的标准时间，无论工艺还是瑞士人的时间哲学都可见一斑。

对一个地方的记忆最深刻的，往往不是风景，而是一个人、一本书、一种颜色、一个味道。我对瑞士的记忆就是时间。每次因为堵车白白浪费了 10 分钟、20 分钟的时候，我就想起瑞士的好。

遇到什么坎坷时，我们往往会故作潇洒地说，没什么，时间会解决一切。而对于瑞士人，每一分钟都是生命中最宝贵的一部分，人家是可以解决时间的。这差距拉得有点儿大。

可是话又说回来了，既然人生这么短暂，我为什么要活在精确计量的时间里呢？

爱较真遭雷劈，好奇害死猫。我懂。

呵呵，纽约

美国 | 纽约

早晨8点钟，中央公园一片安静，只有小鸟们唧唧喳喳互相播报着觅食状况，小松鼠在草地上惊慌地跳来跳去，一天就这么开始了，好多纽约人还没出门。这要是在我家楼下，晨练的老头老太太们5点就开始捶树吊嗓子了，自带的大录音机豪迈地播放着《最炫民族风》，这么一说仿佛还有点儿思乡。

这么早出门，是为了买一张百老汇音乐剧的票。我对音乐剧甚是着迷，第一次看的是《剧院魅影》，从此便爱上了它。

尽管没有睡懒觉的习惯，但是作为一个纽约的客人这么早就出门感觉也挺不见外的，好似在博物馆开放之前就溜进去参观了一样。地铁很快，我顺利地花了十来分钟就到了中央公园南边的50街。时间还早，索性就在最爱的中央公园闲逛一下。

作为《欲望都市》的超级粉丝，中央公园给了我太多的记忆片段，剧中几个主角总是坐在这里吃沙拉，夏洛特总是在这里跑步，Mr. Big和凯莉一起掉进这儿的池塘……我对纽约的印象就是从《欲望都市》开始的。中央公园出现在太多的电影里，连格格巫追捕蓝精灵都要来这里。

从空中看，中央公园就像是曼哈顿的一个长长的大台球案。对所有的人来说，在中央公园都可以找到他想要的生活和他想要的纽约。文艺青年在这里读书，中产阶级在这里慢跑，艺术家们在这里即兴表演前卫的行为艺术，为人父母的在这里遛孩子，失业者在这里自我反省，大学生们在草地上畅想未来，谈恋爱的来喷泉边约会，拖家带口的来野餐，无家可归的来睡觉，游客们来湖中泛舟……每个人在这片闹市中的净土上，都想着做一点儿真心喜欢、能让自己彻底放松又没所谓的事。对我来说，这里是个可以发呆的好地方，我喜欢那种放空的感觉，什么都不想也想不起来，只是呆呆地望着眼前经过的人，他们每个人心中都有一个纽约，而他们又共同组成了纽约这个大舞台。

遛狗的、晨跑的、骑自行车的陆续出现了，中央公园的人渐渐多了起来，也是我该转战百老汇的时候了。购票中心在时代广场的 TKTS，这也是百老汇的中心地带。我到的时候离售票中心开门还有 1 个小时，但是门口竟然已经排了很多人，早知道我就不在中央公园闲逛了，起了个大早赶了个晚集。不过我向来是既来之则安之的，既然排队就高兴地排吧，和前后排队的人聊大天儿也挺好。

排在前面的纽约大叔告诉我，今天来买票的人会比较多，因为是周末。然后他夸张地说，搞不好要排两个小时的队！我这么会聊天当然要更夸张地配合着重复，喔要两个小时啊！大叔得意地耸耸肩，好像对我的反应很满意。

听人说，你只要在时代广场站一个小时，准能遇见一个自己认识的人。我一边排队一边祈祷不要遇见自己认识的人，否则就说明已经排了一个小时的队。

时间就这么在祈祷中一分一分过去了，真好，一个熟人也没碰到。可是掏出手机一看，已经过去了一个半小时！这一次竟然被夸张的纽约人说中了，我真的排了整整两个小时才买到了音乐剧的票，但是这一切都是值得的，因为这 68 美元换来的是《剧院魅影》下午场的票。

《剧院魅影》是百老汇上映时间最久也是最经典的一部音乐剧，也是最接近歌剧的一部。每次听到有人说它是一部歌剧时，我都有一种想要去订正的冲动，这绝不是我好为人师，当你真心喜欢一样东西的时候，是不允许别人对它产生一点儿，哪怕是微不足道的误解的。

《剧院魅影》有为人熟知的离奇剧情，有美妙如天籁的音乐，但是这都不是我最爱它的地方，我更爱它诡异阴森的舞台设计，华丽的吊灯突然落下的情节只是锦上添花，那种超越了舞台感的让人如身临其境的设计才真是让人叫绝。

百老汇其实就是一条叫 Broadway 的大道，如果意译，它应该叫“宽街”。但是这百老汇的音译也是很妙，如徐志摩口中的翡冷翠一样，令人过目不忘，如果用形容一道菜的方式来形容这个名字，那就是色香味俱全，听到百老汇这三个字，就已经绕梁三日。

百老汇大道两旁，云集了几十家剧院，它们分为内百老汇和外百老汇，分别演出经典热门剧目以及前卫实验性剧目。如果在国内，那就是一边上演人艺的《茶馆》，另一边则上演孟京辉的《恋爱的犀牛》。但是似乎外百老汇的包容度更高，很多本毫无名气的小众作品都可以在这里演出。

在纽约，我也看过不少音乐剧，例如《修女也疯狂》《妈妈咪呀》《芝加哥》等等，这一次，又是我最爱的《剧院魅影》。真羡慕纽约人民，特别是曼哈顿人民，你们出门有作为城市“绿肺”的中央公园，走几步就能进百老汇。

临近开场时间，剧场门口出现了几辆加长的劳斯莱斯和迈巴赫，那是纽约人摆谱儿的方式，他们要租一辆这样的车，隆重地来百老汇看一场音乐剧。当然了，我还是要走着去的。

开场前特意换了小礼服和高跟鞋，我尊重一切百老汇的礼仪。不过入场时发现依然有很多观众是穿着牛仔裤和运动鞋的，也并未有人侧目或嗔怪。

剧场谈不上富丽堂皇，但是很舒服，有一种能让人镇定的感觉。我们的国家大剧院其实并不比这里的剧院差，也配备了很多世界顶级的设施。

等待，开场，一切都在顺利地进行，我沉浸在《剧院魅影》的魅影里。突然，一件意想不到的事情发生了。在全场安静地关注着台上演员的表演时，我身边的手机突然响了。

我先是吓了一跳，还没等我反应过来，前后左右几乎所有观众的目光都投向了我。一时间，我，有点害怕，更多的是紧张和尴尬。我的脑子里一片空白。

身边的美国男孩很严肃地说："小姐，关掉手机好吗，这是基本的礼仪。"被人这么一数落，我的眼泪差点儿掉下来。我怪自己怎么这么马虎，干这么丢脸的事。我迅速在书包里翻出手机，那一刻，我很想说一个 f 打头的词，因为，我的手机乖乖地关闭着。怕继续影响别人，我只能无辜地默默地展示给大家看。其实很多人已经不关注后续事件了，他们已经认定是我了，是一个亚洲女孩或者中国女孩，"他们就是这么没礼貌"。

我无辜的表情不知道该怎么收场时，那个该死的铃声，不，此时应该叫作救命的铃声，它又清晰地响了起来。我的手机呈现关机状态，还举在我的手里。

台上在演出戏剧性的一幕，而台下也一样。我身边的美国男孩突然意识到了，他翻出兜里的手机，迅速关闭它，然后转向我说“真抱歉，是我的错”。那一刻，好想哭。那种被冤枉的委屈袭上心头。

通过这件小事，我发现了美国人的小秘密，尤其是纽约客们，在他们看似包容的世界观里，其实还是充满了种族歧视，他们对亚洲人、对中国人还是有很多自己的看法，只是表面上不说。而这种负面的东西几乎就是现实，无法改变。

既然道歉了，就算了吧，那铃声一响泯恩仇吧。

杀人就在甘蔗地

埃及 | 阿斯旺

这是我做旅游节目出的第一个差，差点要了小命。自此以后，我把旅游节目主持人叫作“前线工作者”。

在埃及，我们去了一个叫阿斯旺的地方。

阿斯旺盛产甘蔗，每个到此的游客都要喝上一杯香甜的甘蔗原榨汁，大概 1 埃及镑一杯，也就是不到 1 元人民币。在我们生活的城市，一杯果汁动辄十几块，拼环境的餐厅就得几十块，所以这个价格对我们来说简直是业界良心。我小时候吃甘蔗都是抱着一大根儿使劲嚼，一口下去，甜甜的甘蔗汁横流，口腔中充满了快感，每次不咀嚼到腮帮子疼都舍不得停下来。甘蔗的甜味其实是最纯正的蔗糖味，就是没有任何添加成分的纯粹的甜。所以我一到阿斯旺就毫不犹豫地喝了两大杯甘蔗汁。

畅快淋漓地喝完，又豪爽地抹抹嘴，感觉自己像在农田里劳作了一天的淳朴农妇。

可能是被这幅“农妇饮水图”的画面所震撼，我们的编导叶子有了灵感，她说这次不如就去甘蔗地里拍摄，遥望着远处的甘蔗田，她动情地描述着心中画面：农民伯伯或者婶子用大镰刀把甘蔗砍下，在烈日下挥汗如雨，然后对应游客喝到甜美甘蔗汁的幸福感，这是多么好的题材。叶子跟摄像师包子说，必须拍出当地人的淳朴可爱，表现出那种劳动之美。我们一档旅游节目，立刻就闪现出了人文主义的光辉。下一届“诺贝尔旅游节目大奖”就归我们了。

有了想法就必须赶紧付诸行动，我们马上跟导游说了。我们的导游叫山美，是个埃及妇女。她带着我们去尼罗河游泳，在烈日下，她依然穿着浑身包裹的黑袍，戴着黑纱，雷打不动，在埃及的日子里，我就没见过她的真面目，只能由她来辨认我们，我根本无法在一堆黑袍人中认出她来。但是听声音我却可以从一百个人里认出她，甚至是在人声鼎沸的大集市里我也能凭她独特聒噪的声音听出来是她。感觉她每时每刻都在喋喋不休，我们私下偷偷聊，山美结婚了没有啊，谁娶了她真是一生不得安宁。

书回正传，当我们跟山美说出了我们的拍摄计划后，山美哇啦哇啦先说了一大段我们完全听不懂的，然后用英语说：“千万不要啊，甘蔗地可是万万不能去的啊！”习惯了她的大呼小叫，我们不以为然。但是随行警察的话还是有参考性的，警察叔叔沉吟片刻，只说了一句：“杀人，就在甘蔗地。”我们顿时后背发凉，然后，拔腿就走。

我、叶子和摄像包子两女一男，踏上了通往甘蔗地的小路。身后是忧心忡忡的阿斯旺警察叔叔，还有依然在不停劝阻我们的山美。随着甘蔗地越来越近，我们和茂密的甘蔗叶擦肩而过，那两人的身影向后倒去，甘蔗叶发出沙沙的声音，那里面还混杂着山美的声音，回头看她一眼，那样子让我想起了“不约，叔叔我们不约”。

我们三个人就这么来到了甘蔗田。这里的甘蔗每株都有两米多高，人一旦进入甘蔗田，一下就被甘蔗吞没了。我们几个要挨得很近，保持步速一致，才能不拉开距离。

阿斯旺是个年降水量在 1 毫米左右的地方，也就是说可能小孩生下来到上学还一次都没见过下雨呢。甘蔗地里，透过甘蔗间吹出来的风都是燥热的，没有丝毫的水汽。但是叶子要求我要表现出很享受田地的感觉。她说我得充满热情地和农民打招呼，在甘蔗叶的摩挲中旋转，好奇地拥抱每一株甘蔗，最后意犹未尽地躺倒在甘蔗田里……画面太美我都不敢想，而且这个画面是永远不可能实现了。

进入甘蔗地后，一眼望去，整片甘蔗田只有我和叶子两个女的，连全身包裹严实的当地阿斯旺妇女都没有一个。

摄像机一开，我就跟打了鸡血似的去跟农民打招呼，那些男人都很开心，他们脸上展现出一种我之前在埃及男人脸上从没见过的笑容。说是笑容，但是相当的不舒服，一时无法形容，我怕是自己狭隘，不敢做判断。甘蔗田的六七个男人呼啦啦围上来，他们争着拉我去看甘蔗地，真的是争着拉我的手，一个刚要拉到，就被另一个扒拉开，满脸堆笑地贴过来。我的自我防卫系统此时自动开启了，我一边后退、适度和他们拉开距离，一边按照脚本问了句很缺心眼的话："我可以用你的镰刀吗？"嚯！一石激起千层浪，每个甘蔗田的男人都举起了他们的镰刀，我不禁倒吸一口凉气。在烈日当头的甘蔗田里，我终于感受到了一丝丝凉意。

甘蔗田里的男人们，开始小声商量着什么。他们窸窸窣窣的声音如同风吹甘蔗叶。这时，敬业的编导叶子同学说："林子，互动，要跟他们互动。"我当时已经不能集中注意力了，我的自我防卫系统的警示灯已经亮起。

几个小男孩笑嘻嘻地跑过来，其中一个抓了我的胸就跑开，然后又来一个，抓一把，又跑开。感觉越来越不对，叶子小声说，别拍了。

那些男人拿着镰刀开始向我们走过来，小男孩三五成群过来拉我们，这次叶子也不能幸免，他们过来就直接摸我们的胸。我和叶子紧紧挨在一起，手也紧紧握在一起，我们想发怒又不敢激怒他们，只能暂时努力保持着笑容，揣着明白装糊涂。抬眼望去，我们离出口还有好长一段路，几近绝望。

我们开始大声打招呼说："谢谢你们的支持！我们要走了哦！"

我们三个摆了个好莱坞谍战电影中的姿势，就是三个人背靠背成三角状，摄像师面向出口方向拉着我们撤退，我和叶子则用僵硬的笑容和装傻充愣的劲头稳住敌人。我们就这么一边说着言不由衷的话一边后退，那七八个拿着镰刀的男人就紧跟着我们，镰刀在阳光下发出闪闪寒光，于是我们完全顾不上演戏了，掉过头撒腿就跑，顺便破了个亚运会百米纪录。

我们一路狂奔，大喊山美的名字，用中文英文喊救命。听到呼救，山美嗖的出现在我们的视线里，可是她站在甘蔗田对岸，也不敢过来。

此时此刻，那位曾经说过"杀人就在甘蔗地"的阿斯旺警察叔叔跳下车跑到出口，他掏出了枪，冲着这边大喊。拿着镰刀的甘蔗地男人们已经追到了离我们的车不远的地方，直到看见了警察，他们才悻悻离去。

我们三个连滚带爬上了车，对司机大喊“开车开车！”带着对这份工作的担忧，我们开足马力回城了。

甘蔗田里的男人们让我闻风丧胆了，在车上颠簸了一个小时心情才算平复下来。这一个小时，还伴随着“埃及祥林嫂”的声声叹息，她不停地和我们每个人说“看看，我说什么来着”“这甘蔗地啊，是不能去的”……她说：“阿斯旺这个地方，人的文化程度低，天气又燥热，男人对女人的身体充满着一种你们无法想象的渴望。”警察叔叔还语重心长地说：“幸运的你们。”

我按照电影里看到的情节想象了一下，如果我们被追上，甘蔗田的男人们就会一镰刀砍死摄像师包子，然后把我们俩女的“内个”了，最后扔在甘蔗地里。我们含着泪被茫茫的甘蔗淹没，根本没人知道我们在这里。后怕俩字完全不能表达我们的心情。

在回酒店的路上，我妈妈来电话询问在外出差的感受，我不敢告诉妈妈都发生了什么，可是我居然说出了这几个字，我对妈妈说：“妈妈，林子真的长大了。”车里人不约而同都笑出了声（林子大了，这个书名就是由这个故事而来）。

跋

POSTSCRIPT

软木塞的行李和突如其来的一场雨

喻恩泰

1

我是个软木塞

一篇文字，若想获得某种力量，便要写出困境，读者们看见，会好奇你将如何逃出困境。结局最有可能是一直无可救药地待在原地，原来，和困境相处也这么悠然自得，或者说原本就无处可逃。我们这辈子都将这般度过，由阅读带来的这种共鸣也不会间断。

出于对困境的本能反抗，旅行——是多么必要。

生活中，旅行也是很好的借口和理由，让我们用作解释原本荒诞的事情。比如现在问一句，我这是在打字吗？不，这是一场旅行。你们是在看一篇文章吗？不，这是一场旅行。

显而易见，这是一篇形散神也散的文字，与我这个旅行者的性格有关，因为我想说真话。偶然你们遇到我，我建议你们和我一道儿，丈量一下看完它需要花费多少时间。

无论你在世上有多少套房产，你终将是个流浪者。这一世你闭关不出门，你也不会有个家。这话很刺耳，每一个哲学家和艺术家一生都在研究人类的归宿，但结果很让人们失望，号称“此心安处是吾乡”的人，一定正在漂泊。人类的主题便是无家可归。你正视这个主题，说明你诚实。

既然如此，为何我们不直接上路？面对这个族群的困境，我们都无可救药地成了旅行者。

旅行有很多种，有的出门，有的不出门；有的带行李，有的不带行李；有的自己意识得到，有的不自觉恍若梦里。

大部分买票、登机、坐火车、上大巴的旅行是自觉的。因为行者知道目的地。我们去之前会问自己，去这一趟是为了什么。

1790年，那时中国还在清王朝，有一个室内旅行家名叫塞维尔·德·梅伊斯特，他写了一本《我的卧室之旅》。那一天，他穿着粉红色和蓝色相间的睡衣睡裤，锁上门，从沙发里开始他的那次旅程。这种不出门却又如此自觉的旅行很是稀有。梅伊斯特不是疯子，更不是井底之蛙，他曾远行至意大利和俄罗斯，曾在阿尔卑斯山熬过整个冬季，还曾在高加索与俄军交战。

80 年后，受梅伊斯特那本书的启发，尼采清醒地写下了他自己的感想：“有些人知道如何利用他们日常生活中平淡无奇的经验，使自己成为沃土，而其他一些人（为数众多）则只会随波逐流，像软木塞一样漂来漂去。”

我自己呢？其实我就是个软木塞，喜欢出远门，喜欢到山上、海滩边、沙漠里度过一段远行的时光。

2

带上两件行李

旅行者总会携带必需用品，但如果行李丢失了，旅行会结束吗？

现在的酒店能提供一切服务，哪怕在茫茫的大海上，我们也有机会孤岛求生，大自然可以给你一切。但用质朴的眼光来看待旅行，我发现的确需要准备两件“行李”，一件是故乡，一件是童年。

在南昌，我童年所见的故乡景象和今天千差万别。我出生在江西，当年有山有水，空气里弥漫着大海的味道，我的家四周有江水和湖泊。更有意思的是，那时候两岸有沙滩和贝壳，微风徐来，海腥味飘入当年的小鼻孔，成年的我已把它深深地印在了脑海里，伴随着如今同样记忆深刻的水上船影。

几乎是在一夜之间，山川改变了模样，20 世纪 90 年代末，古柳、石桥、老村落突然消失了，江河湖泊被截成了一个个鱼塘。我一直在寻找自己童年的印记，茫然地站在原地，视野平整，内心却无比失落，我发誓今后要去远行，去别处寻找当年的家乡。

2006 年我和成奎安先生一起主演一部电影，第一次见面，还没进门，就听到了“大傻哥”爽朗的笑声。握手后他第一个问题是问我老家哪里。

我说：“南昌。”

他说：“南昌好，那里的沙漠不错。”

他的记忆或许出了些问题，我知道他爱赛车，喜欢越野，但我在南昌从小到大，从来没听说过有沙漠。

我问：“在哪儿？”

他接着说：“就在市里，在那儿开车很爽。”

我问：“多大？”

他答：“一望无际。”

我更加确信他的记忆出现了偏差，出于礼貌，我没有解释，把话题转到剧本上。大傻哥定是把别处的赛车经历拼贴在了我的家乡上。

2009 年，我做软木塞飞去巴厘岛，我和大傻哥拍的那部电影的出品人碰巧和我一道儿，飞机刚刚落地，他告诉我看到新闻，飞行途中那几个小时，大傻哥在医院去世了。我知道大傻哥拍电影时已经得癌症好几年了，但他一直恢复得不错，没想到这么突然，当下心里愕然。

我想起当年大傻哥和我说过的话，那天和家里通电话时多问了妈妈一嘴："南昌有沙漠吗？"

妈妈说："有啊，厚田沙漠。"我问："啊？在哪里？"妈妈说："不远，离家里十几公里。"我诧异了："多大？"妈妈说："一望无际……"

好兄弟夏天来江西，我陪他游完庐山之后，他意犹未尽，决定带我去一个湖。我问在哪儿，他说就在南昌，有上千座岛屿，平均水深几十米，无上清凉，可以直接喝。

我发自内心不相信，我打小就在南昌，没听说过这么个湖，上千座岛屿，怎么可能？

上天又一次无情地嘲弄了我这个喜欢漂泊的软木塞。我们去了，眼见为实，真的傻了，那叫柘林湖，有上千座岛屿，平均水深 50 米，离我家不过几十公里。一跃入水，浮在表层的阳光暖流和从深处袭来的清凉湖水来回在身上交织，经常有鱼擦身而过，体形巨大。

我常年流浪在外，以远行为荣，而真正帮我了解故土的，却是我远在他乡的朋友。离开江西那么多年后，我才真正对故乡产生了更加浓厚的兴趣，我想多了解她，亲近她。

我深知，如果没有童年的愿望，没有自己的家乡，我的旅行将是不成立的。

作为软木塞，我敢说，远行的目的，就是为了更好地了解故乡。

3

一场突如其来的雨

我的旅行观里还存在另一个态度：拒绝爱情。

我知道，要想做一个合格的软木塞，就不能过早迷恋于随时可能生发的恋情。这当然是理性思考的结果：漂泊一天不算什么，我最大的理想是一辈子漂泊，有了女人有了家，你就只能在室内旅行了。

我决定，一旦魅力逼人的异性在我身边路过，那一刻我要学会躲闪，如果有一天命中注定要和投缘的异性交往，首先要冷酷地强调三个原则：不结婚、不分家产、不生孩子。再加一条，别拦着我做软木塞。

那年，我接手主持了一档卫视的栏目《大旅行家》，和各路旅行达人在演播间畅聊人生，聊聊大家在旅途中的修行，分享逃难的技巧，看看我们在全世界拍回来的危险视频。后来，收视率竟然节节攀升，在没有什么制作费的前提下，甚至闯进了夜间黄金时段全国收视前三。这是什么意思？说明老百姓们都想和我们一样做个软木塞。谁让你们成家生孩子了？谁让你们有固定工作了？谁让你们这么有责任心？

有那么一天，有个女孩来到了演播间，是知名的旅游节目主播，同时是个旅行家、作家，去过几十个国家，作为一众嘉宾中的一员，她比较出挑，关键是长得漂亮，一口流利的外语，那种洋气，乍一看，特别像归国华侨。

气场逼人啊，这种人我最要提防。

她来的第一次，老爱看着我，爱帮我把故事捋顺，麻溜地将话口传到我的流程里，那期节目很顺利，内容充实生动，气氛融洽，收视率看来有望奔前二了。节目越往下越不想收尾，下意识地希望她能多待一会儿。于是我当下开始担心，以后节目组会不会把她拉来做常驻嘉宾啊？

我不怀好意地问了问她接下来的工作计划，听完长舒一口气。她每个月都要出几趟国，全是远门偏门，这次录完，一时半会儿是回不来的。我客气地叮嘱她这么年轻还老往外面跑，要注意身体。心里却想：大难不死。她没机会了。

几个月很快过去了，她又回来了，参加第二次录制。好在，那一季节目快要结束，这次就算告别。化妆间里众目睽睽之下，她给我递上从土耳其带回的手链作为礼物。我很冷静，礼貌地收下，录制过程中我稳重地把控着流程。但就在喝水的空档，她问我："平时在哪里住？在北京时间多吗？"我警觉了起来，说了几个可供做软木塞的旅游胜地，告诉她我在北京只是工作。她于是担心地问:“你这么到处跑，那女朋友怎么办? ”我正想撒谎，但旁边的嘉宾马上替我回答:“他单身。”

女孩面露悦色，问我:“有没有微博，加一个。”

我很高兴，撞枪口上了，回答说:“我没有微博。”

那天节目录完，突降暴雨，好几个同事不方便打车回家，我让司机把大家叫上，一起上车。那个女孩自然没有带伞，头顶一本杂志，朝她自己停在楼边的车跑去，那一小段距离，她不可避免地有些狼狈。我很庆幸，老天帮我，她开了车来，不然要是也和我们一道儿，不知路上又要多上几轮危险的谈话。

我们一车人坐在车里，顺着她奔跑的路线，在暴雨中经过她的身旁。我紧挨着车窗，无意间瞥见她无助的眼神，下意识我也低下了头，那一刻现在回忆起来变成了慢动作，配上音乐，歌名叫“一场突如其来的雨”。

当时我心里想，这就是立志做软木塞要付出的代价。

接下来的确是这样，她找不到我，我也不可能找得到她。偶尔在季节转换的时刻会想起那个姑娘:我在异国他乡，她，想必也是一样吧。

春夏秋冬飞逝，一年过去了。

有一回我在北京结束工作，准备去广州江边小住，寻一寻儿时南昌的印象。这一次北京阳光灿烂，少有的蓝天，在机场我却接到了航班延误的通知。我当然可以等，不久又接到了新的通知：不用等，去广州全天的航班都取消了。

远在广州的暴雨和雷电改变了我的行程，也改变了我今后的际遇。那个姑娘出现了，她从国外回来，刚下飞机。现在回味，这一切，也是因为突然来了一场雨。

几个月后，她成了我的太太，她的名字叫史林子。

她告诉我第一次下雨分开的那天，我们一众人从她身旁经过，她幻想，车会停下，车门被我轻轻打开，温柔的一句：上车。可事实是，车没有减速，在擦身而过的那一瞬，溅起了一片水花，她躲避不及。

常年做软木塞使我懂得这道理：逃避什么都可以，但我们逃避不了爱情。

图书在版编目（C I P）数据

林子大了 / 史林子著 . -- 长沙：湖南人民出版社，2017.8

ISBN 978-7-5561-1648-5

Ⅰ . ①林… Ⅱ . ①史… Ⅲ . ①随笔－作品集－中国－当代 Ⅳ . ① I267.1

中国版本图书馆 CIP 数据核字 (2017) 第 056854 号

林 子 大 了

LINZI DA LE

史林子 著

出 品 人 陈 垦
出 品 方 中南出版传媒集团股份有限公司
上海浦睿文化传播有限公司
上海市巨鹿路 417 号 705 室（200020）
责任编辑 彭富强
装帧设计 朱赢椿 马亚楠
责任印制 王 磊
出版发行 湖南人民出版社
长沙市营盘东路 3 号（410005）
网 址 www.hnppp.com
经 销 湖南省新华书店
印 刷 北京利丰雅高长城印刷有限公司
版 次 2017 年 8 月第 1 版
印 次 2017 年 8 月第 1 次印刷
开 本 880mm × 1230mm 1/32
印 张 8.5
字 数 120 千字
书 号 ISBN 978-7-5561-1648-5
定 价 48.00 元

浦睿文化
INSIGHT MEDIA

出 品 人：陈　垦

监　　制：余　西　蔡　蕾

出版统筹：戴　涛

编　　辑：郁　琳　刘　佳

装帧设计：朱赢椿　马亚楠

美术编辑：杨杰芳

投稿邮箱：insightbook@126.com

新浪微博 @ 浦睿文化